고향이 있는 풍경

고향이 있는 풍경

지은이 ㅣ 지헌 김기철
펴낸이 ㅣ 김인현
펴낸곳 ㅣ 도서출판 도피안사

2006년 5월 15일 1판 1쇄 인쇄
2006년 5월 20일 1판 1쇄 발행

영　업 ㅣ 혜국 정필수
관　리 ㅣ 혜관 박성근

등　록 ㅣ 2000년 8월 19일(제19-52호)
주　소 ㅣ 경기도 안성시 죽산면 용설리 1178-1
전　화 ㅣ 031-676-8700
팩　스 ㅣ 031-676-8704
E-mail ㅣ dopiansa@kornet.net

ⓒ 2006, 김기철
ISBN 89-90223-29-6　03810

眞理生命은 깨달음[自覺覺他]에 의해서만 그 모습[覺行圓滿]이 드러나므로
도서출판 도피안사는 '독서는 깨달음을 얻는 또 하나의 길'이라는 믿음으로 책을 펴냅니다.

고향이있는 풍경

글 · 김기철 | 사진 · 김규호

DOPIANSA 到彼岸社

진작부터 곤지암 가마 울안의 자연
이 아름다워 혼자 보고 좋다고 하기엔 아쉬워 그 알짜배기가 빠진 겉껍데기
일망정 사진에 담아두고 싶은 마음이 간절했다. 용케도 한 삼 년 전부터 사진
공부를 한 자식한테 기회 있을 때마다 찍어두게 했다. 솔직히 어디에나 그 정
도 자연의 모습은 널리고 널려 있지만 나의 일상에서 계절의 변화에 따라 그
때그때 변모하는 자연이야말로 너무나 신비스럽고 감격스러워 마치 나만이
간직하고 있는 천상의 보물인 양 어디다 대고 소리라도 치고 싶었던 것이다.
부끄러운 얘기지만 어설프게 인공이 가미된 양지바른 산자락, 그 기슭을 놀
이동산 삼아 마냥 뒹구는 개구쟁이들처럼 마구잡이로 자라나는 원형 그대로
의 잡풀들, 나무들, 그리고 들꽃들이 제멋대로 어울려 살아가는 모습이 그렇
게 푸근할 수가 없다. 한마디로 봄 여름 가을 겨울을 통해 알게 모르게 변화돼
가는 자연현상이 인생살이에 뭔가를 깨닫게도 해주니 고맙기 그지없다. 비
록 촌스럽고 가난한 옛 고향의 뒤 울안 같은 분위기이지만 우리처럼 단순하
게 살아보지 않은 사람들은 실감이 나지 않을 것이다. 자연이 주는 감동, 그
위안은 나에겐 최상의 축복임을 새삼스럽게 고백하고 싶다.

4

이 신선한 자연의 풍경 속에 오염물질이 끼듯 지극히 속물 근성의 내 삶의 이야기가 그러지 않아도 공해로 가득 찬 세상에 또 하나의 공해를 추가하는 게 아닐까 하는 걱정이 앞선다. 돌이켜보면 별 볼일 없는 인간이 물결치는 대로 떠밀려와 어느 지점에 부착되어 도태되지 않고 오늘날까지 생존하고 있다는 사실이 행운이라면 행운이겠다. 왜냐하면 일찌감치 인생목표를 세워놓고 치열하게 노력하며 달려 나온 삶이 아니라 그날그날 팔다리 움직여가며 물 흐르듯 살아 왔다고 믿기 때문이다.

어떻든 그 결과는 자연 속에서 이제 막 피어난 제비꽃 한 떨기를 쪼그리고 앉아 바라보면서 행복해하고 자랑스러워하는 것이다. 어찌 보면 그것은 눈코 뜰 새 없이 휘몰아치는 세상살이에서 밀려나 한심한 존재로 보일지 모르겠지만 내 경우는 아닌 것 같다. 밭고랑에 앉아 호미질 한 것으로 자급자족할 수 있고, 흙을 가지고 도자기를 빚으며 노년을 보낼 수 있다는 사실이 다 저물어 가는 인생을 외롭지 않고 편안하게 해 주니 말이다.

막상 책을 엮으려고 해보니 인생의 누더기를 짜깁기 하는 것 같아 면구스럽다. 이건 수필집도, 회고록도, 그렇다고 창작집도 아닌 그야말로 웃기는 책이 아닐까 염려된다. 다만 책장을 넘기면서 마음을 편안하게 해줄 수 있는 자연의 사진들이 한 몫을 해줬으면 하는 바람이다.

끝으로 도피안사, 우리집 막내 규호 연주 내외, 집사람의 수고가 많았다는 것을 이 자리를 빌어 밝히면서 고마운 마음 가득하다.

2006. 2. 15
知軒

1
꽃 피는 산골

봄을 여는 첫 손님

매화꽃

포근하고 화사한 봄볕이 내리쬐면 얼었던 대지는 팥고물처럼 보실보실 풀려난다. 그러다 어느새 꽃다지 제비꽃 같은 것이 돋아나 피고, 묘 잔등에 할미꽃이며 뒤 울안 담 밑에는 꽃보다 더 윤기가 흐르는 함박꽃 싹이 아우성치듯 비집고 올라온다. 그런가 하면 온 산천은 개나리, 진달래가 요란을 떨고 아지랑이 하늘거리는 지붕 위 산마루에는 복사꽃, 살구꽃이 벚꽃에 뒤질까보냐 시샘을 하듯 온통 꽃동네를 이룬다.

내가 그 옛날부터 아련한 향수처럼 뇌리에 고이 간직하고 있는 봄은 이런 것이었다. 남들은 봄이 여인의 옷차림에서 오고, 차려놓은 밥상에서 먼저 온다고 하지만 내 경우는 이런 문화적인 것하고는 번지수가 다르다. 그런데 그 언제 적부터, 그러니까 이삼 년 전부터는 식성이 변하듯 그 품목이

바뀌고 말았다.

여러 해 전 섬진강 매화 풍경에 도취되어 한참을 망설이다 마침내 우리 울
안에도 매화 동산을 꾸미기로 작정을 했다. 서북풍이 세차서 좀처럼 성공하
기 어려울 거라고 반신반의하다가 일단 심어놓고 본 것이 얼어 죽지 않고 잘
자라 내 울안에서도 매화 향기를 맡을 수 있게 된 것이다. 매사에 짜게 놀면서
도 꽃나무 심는 데만은 주제에 맞지 않게 너그러워 욕심껏 사다 심었다. 기후
탓인지 아무리 공을 들여 봐도 남녘만큼 꽃송이가 넉넉하진 못해도 이만하면

매화꽃 구경 오라고 나팔을 불어댈 만하게 되었다.

꽃은 뭐니뭐니 해도 향기가 있어야 금상첨화다. 특히 나처럼 후각이 예민해서 향기에 환장을 하고, 악취를 병적으로 싫어하는 체질에는 우선 꽃이라면 향기를 제일로 여기기 때문에 오만가지 꽃이 별천지를 이룬다 해도 향기가 없으면 별 감동을 느끼지 못한다. 더구나 매화는 봄을 여는 첫 손님이 아닌가! '매란국죽' 사군자에서도 첫 번째로 꼽히는 귀한 존재인 것이다. 과연 매화는 군계일학의 군자답게 맑고 고고하게 조용히 오는 것이다.

아직도 꽃샘추위가 설늙은이 얼어 죽게 매서운데도 그 억센 가지 매듭마다 좁쌀톨 같던 꽃눈이 제법 부풀어 올랐다. 덩치 큰 다른 나무들이 추위가 무서워 잔뜩 움츠리고 있을 때 맨 먼저 용기 있게 문을 열고 나오는 것이 매화인 것이다. 나는 봄이 오려 할 때 땅바닥에 쪼그리고 앉아 할 일 없이 맨 흙바닥을 들여다보는 습관이 있다. 아마 그런 버릇 때문에 매화 가지를 따라가며 꼼꼼히 훑어보는 또 다른 행동을 하는지 모르겠다.

꽃망울은 하루가 다르게 변화한다. 살이 붙는다. 잘 여문 수수알 만하게 되었는가 싶으면 어느새 팥알만큼 통통해진다. 처음에 거무튀튀하던 표피는 보랏빛을 시작으로 연분홍, 자색이 나타나고 다시 초록빛이 감돈다. 그러면서 몽우리는 콩알 만해지고 이제 막 꽃잎을 벌리려고 가운데 흰 빛깔이 비친다. 마치 먼 우주의 별빛처럼 신비스럽다. 베일에 가렸던 그 속의 실체가 과연 어떤 것일까 싶게 사람을 조바심 나게 한다. 비록 한 송이 매화꽃이 활짝 열리고 보면 별게 아니건만 피어날 때까지의 생명의 비밀은 놀랍기만 한 것이다.

지천으로 피어 있는 매화꽃을 발에 차이는 모래알처럼 한낱 한순간 피었다 시들어지는 자연현상으로 가볍게 보면 그게 오히려 평범한 이치련만 적어도 그 꽃이 하루하루 변해 가는 모습을 관찰할 때 생명체란 정말 불가사의한 것으로 느낄 수밖에 없다. 청매의 연한 연둣빛이 도는 백색의 투명한 꽃잎, 때마침 살짝 지나는 바람에도 바르르 떠는 꽃술이 귀엽기보다는 차라리 애처롭게 다가오는 까닭은 뭘까?

한마디로 매화꽃은 화사하다. 맑다. 고귀하다. 고고하다. 향기롭다! 아무리 여러 소리 해봐야 그 정체를 제대로 옮길 수 없다. 며칠 있으면 만개할 매화꽃 동산은 누굴 위해서 그토록 만반의 준비를 하고 있는가? 웨딩드레스를 입은 청순한 신부가 그 밑에서 포즈를 취하고 미소 짓는다면 썩 잘 어울릴 것이다.

아니면 개구쟁이 아이들이 그냥 천진난만하게 뛰놀기만 해도 천상의 낙원으로 변할 것 같다. 비록 누추한 늙은이들이 비틀거리는 걸음으로 그 안에 들어가 앉아 졸고 있다고 해도 이번에는 그 노인들이 신선으로 비칠 것이 분명하다. 지상이고 천상이고 간에 낙원이라면 바로 이런 매화꽃으로 온천지가 둘러싸인 향기로운 동산이 아닐까? 도대체 이렇게 아름답고 향기로운 곳에서 무엇 때문에 못된 마음을 품고 막된 짓을 할 사람이 있겠는가? 누구라도 마음이 비단결같이 되고 즐겁고 행복해질 것만 같다.

오전의 햇살이 눈부시게 내리쪼일 때 꽃나무 밑에 자리를 깔고 역시 향기로운 녹차 잔에 입술을 갖다 대보라! 찻잔 안에 방금 딴 꽃 한 송이를 띄워 마시려 할 때의 코에 와 닿는 그 오묘한 향기, 세상에 이보다 더 맑은 호사가 어디 있으랴!

하지만 무지막지한 인간들은 꽃놀이를 한답시고 난장판을 이루는 경우가 있다. 돼지고기를 구워대고 넘치는 술잔이 왔다 갔다 하면서 마구 떠들어대고 요란한 웃음소리가 화끈거리는 누린내와 뒤엉켜 난리를 치다가 때로는 욕지거리, 삿대질로 웃지 못할 광경이 벌어진

다. 이렇게 되면 아무리 좋은 천상의 낙원이라도 순식간에 악마들이 들끓는 지옥으로 둔갑을 하는 것이다.

　나는 어쩌다 이런 광경을 바라보면서 지옥과 천국이 이리도 쉽게 손바닥 뒤집듯 엎치락뒤치락 하는 건가 실소를 금할 수 없었다. 수년 전에 문화답사를 한답시고 캄캄한 새벽녘에 험한 언덕길을 오르는 곤욕을 치르고 있는데 뜻밖에 정체 모를 암향暗香이 가슴 속 깊숙이까지 스며들어 발을 떼어놓기 싫었다. 그렇게 을씨년스럽고 살갗으로 파고들던 한기가 눈 깜짝할 사이에 달콤한 향기로 넘치니 천상의 꽃밭을 거니는 기분이 바로 이런 것이 아닌가 하는 생각이 들었다.

이제 며칠만 더 기다리면 드디어 매화가 피리라. 마음 같아서는 피기 전에 봄비가 푹 내리고 물기 머금은 꽃봉오리들이 한꺼번에 열리면 그 청순한 자태야 일러 무엇하겠는가? 꽃송이마다 수정 같은 물방울을 달고 떠오르는 햇살에 마주치면 오색영롱한 세상이 펼쳐져 또 다른 모습으로 사람의 혼을 빼놓으리라. 올해는 억지를 써서라도 매화꽃 속에서 극락을 누려볼 작정이다.

수천 수만 송이의 꽃에서 발산하는 향기는 마치 거대한 교향곡을 듣는 것 같기도 하다.

푸른 하늘을 배경으로 빛나는 신비한 우주

으아리 꽃

올처럼 으아리가 흐드러지게 핀 적이 없었다. 산복숭아 나무를 타고 올라와 나뭇가지마다 깔고 앉아 한바탕 꽃마당을 이룬 광경을 볼라치면 말뚝처럼 꼼짝을 못하게 되는 것이다. 마치 푸른 하늘에 흰 구름이 지나가다 잠시 멈춰 있는 것 같기도 하고, 은하수가 한꺼번에 몰려와 정좌하고 있는 것 같기도 하다. 아침 햇살이 빗겨 내리는 맑은 시간에 이슬방울이 영롱한 꽃떨기들은 더할 수 없이 청순하고 화사하다.

나는 본능적으로 발걸음을 옮겨 바짝 다가섰다. 순간 사람을 취하게 하는 향기! 톡 쏘는 옥잠화 향기와 소심난 향기가 합친 것 같은 향내에다 여리고 고운 분꽃 향기가 한데 어울려 나온다고 하면 적절한 표현일까? 수천 수만 송이의 꽃에서 발산하는 향기는 마치 거대한 교향곡을 듣는 것 같기도 하다. 이 더

운 복지경에 어쩌면 이렇게 시원한 바람을 정신이 번쩍 들게 일으키고 있단 말인가? 밤새 내린 이슬로 반짝이는 윤기는 금방 물에서 건져낸 다이아몬드 보석이라 해도 좋았다. 살이 베일 정도로 상큼하게 다려 입은 여인의 모시치마 저고리도 이처럼 청량한 느낌을 주지는 못할 것이다.

　나는 코끝이 꽃에 닿을 정도로 꽃무리 바짝 두 눈을 갖다 붙였다. 순간 상상도 할 수 없었던 신천지가 전개되었다. 내 앞에는 인적미답의 설산이 요원하게 펼쳐 있고 그 무수한 봉우리들은 푸른 하늘을 배경으로 눈부시게 빛나고 있었다. 그것은 하나의 황홀한 별세계였고 신비한 우주였다.

내가 아침마다 등산 아닌 산책을 하는 것은 계절마다 수시로 피어나는 들꽃들을 들여다보고 기쁨과 위안을 느끼는 까닭이 큰 몫을 차지하고 있다. 그들은 말없이 조용히 때가 되면 나온다. 결코 서두르지 않는다. 또한 요란을 떨지 않는다. 때가 되면 나타났다 때가 되면 사라진다. 억지를 피우는 일이 없다. 지극히 자연스럽게 자연의 순리에 따른다.

나는 이것을 배우려고 수시로 다짐하지만 생각뿐인 것 같다. 하잘것없는 들꽃 한 송이가 내 인생의 스승이라는 것을 알 듯 모를 듯한 것이다. 한마디로 한심하지만 그나마 다행히 이런 자연의 변화를 체험할 기회가 있어 '서당 개 삼년' 식의 얘기를 늘어놓는지 모르겠다.

산골을 내려오면서 으아리 몇 줄기를 꺾어다 전시실에 높직이 늘어뜨리니 마치 심산유곡에서 폭포가 쏟아져 내리는 것 같고 그 향기는 실내를 채우고도 물밀듯이 밖으로 퍼져 나갔다. 실내에서의 분위기는 또 달랐다. 꽃아놓는 순간의 그 싱싱함, 북반구 나라들의 레이스보다도 더 섬세한 꽃무리, 그 향기! 당장 실내가 생명력으로 요동을 치고 사람의 정신을 홀딱 빼 놓는 것이다. 이럴 때 사람들이 우르르 몰려와 환성을 지르고 꽃놀이를 한다고 요란을 떤대도 박수를 칠 것 같다.

꽃들도 저마다 아우성이다. 마치 시장바닥에서 사람들이 난리를 피우고 있는 것처럼 이 꽃 역시 환성을 지르는 것인지 발광을 하는 것인지 미풍에도 꽃술이며 꽃잎들이 춤을 추고 있다. 어떻든 삶의 절정에서 뭔가를 한껏 발산하고 있는 것 같다. 나는 저 꽃을 가지고 신부의 면사포며 드레스를 만든다면 이보다 더 청순하고 섬세할 수 있을까 하고 감탄하고 있다.

    하지만 절정의 순간에 퇴락을 잉태하고 있었음인가. 바로 내 앞에서 꽃잎이 눈가루처럼 떨어지기 시작했다. 어쩔 수 없이 생멸은 우리의 운명인가, 단 이틀 밤을 넘기지 못하고 추한 모습으로 변하고 말았다. 말라 찌그러진 꽃잎은 늙은이 대머리에서 떨어지는 비듬같이 마룻바닥에 나뒹굴고 있다. 생명 있는 모든 것들이 이 과정을 겪어야 한다고 생각하니 서글프지 않을 수 없다. 그러나 그것은 지극히 자연스런 현상, 꽂아놓았던 꽃줄기를 사정없이 빼내 버리고 쓸고 닦으니 축 가라앉았던 기분이 개운해진다. 결국 한순간의 꿈을 꾸고 난 기분이다. 내년이 있으니 그것으로 위안을 삼아야 하겠다.

청보석보다 짙은 꽃의 정령

달개비 꽃

오늘 아침은 평소 우습게 보아왔던 달개비 꽃으로 인해 기분이 날아갈 것 같았다. 솔직히 꽃으로 취급하기는커녕 천박스럽기 짝이 없는 잡초로 거들떠보지도 않던 존재였다. 그 지루하던 무더위와 장마로 온 산천이 패잔병처럼 맥없이 널부러져 있는 한여름의 뒷자락에 이렇게 정신을 번쩍 나게 하는 빛깔이 어디 숨어 있다 나타났는지 두 눈을 의심케 할 만했다.

아침이슬이 금강석보다도 더 투명하게 반짝이고 있는 해뜰 무렵의 산골은 신선하다 못해 신천지 같았다. 청보석보다 더 짙은, 아니 온 세상의 청색을 다 응축시켜 놓은 듯한 한 무더기의 달개비 꽃떨기들은 금방 하늘에서 내려온 꽃의 정령들이라 해도 손색이 없었다.

이런 기가 막힌 꽃을 진작 알아보지를 못하고 그냥 더러운 시궁창에서 되나마나 뒤범벅이 되어 역겨운 냄새와 더불어 일생을 마치는 것으로밖에 알지 못했으니 이 나이를 먹도록 뭘 보고 살았는지 한심하기 짝이 없다.

없던 시절 갱충맞은 여자들이 푸르딩딩하게 물들여 두르고 다니던 남색치마라는 것이 그렇게 칙칙하고 천박스러울 수가 없었다. 그것은 그 시대상을 드러내듯 암울하고 처량한 것이었다. 그래서인지 때로 청색을 보면 우선 눈살을 찌푸리게 되었다. 새마을 운동의 상징인 양 초가지붕을 벗겨내고 슬레이트 겉면에다 청색을 칠해 놓은 우리 농촌 풍경이라든지, 때론 마구잡이로 우악스레 지어 놓은 공장 벽면 같은 데 청색을 발라놓은 것이 왜 그렇게 불쾌감을 주었는지 일단 청색이라면 질색을 할 만큼 편견을 품게 되었다.

지금 생각해 보면 그 맑고 시원한 봇도랑을 따라 마치 하늘의 보석을 쏟아 부어 놓은 듯이 황홀하게 무리지어 있던 그 꽃들을 무엇 때문에 외면하고 있었는지 알 수가 없다. 도대체 어디에 이렇게 생동하는 빛깔이 있었던가? 단연 한여름의 빛깔로 치면 그만큼 당돌하게 개성미를 발하는 청색이 어디 있겠는가!

뭐니 뭐니 해도 꽃은 빛깔이다. 그러기에 온통 여자들이 입술이고 옷치장을 갖가지 색깔로 연출을 해서 자신만의 개성미를 내보이려고 안간힘을 쓰는 모양이다. 한마디 주제넘은 소리를 한다면 누구라도 만인 앞에 돋보이려고 한다면, 특히 사교장 같은 데서 튀고 싶은 여성이 있다면 흐릿한 간색의 우아한 의상을 걸칠 게 아니라 달개비 꽃 빛깔의 드레스를 휘감고 꼼짝

않고 한쪽에 서 있기만 한데도 장내의 시선을 집중시키고도 남을 것이다. 그것도 짙은 남청색! 그러면서도 속살이 들여다보일 듯이 생동하는 투명성, 그 보드랍고 반짝이는 살갗 하나만 가지고도 뭇 남성을 뇌쇄시키고도 남을 것이다.

색깔뿐만 아니라 그 꽃 모양도 아주 이색적이다. 꽃잎은 단 두 개, 마치 나비가 두 날개를 빗겨 세우듯 하늘을 향해 있고 꽃받침이라 할까 꽃대를 감싸고 있는 반달 모양의 씨 주머니는 옛날 여인네의 조바위 같기도 하고 버선 뒤꿈치처럼 생김새가 독특하다. 거기다 미세한 암술과 수술이 춤을 추듯 노랑 빛깔과 흰 빛을 띠며 정교하게 솟아 있다. 이런 꽃떨기들이 짙푸른 잎사귀에 옹위되어 있는 것을 바라보노라면 자연의 인간에 대한 배려가 얼마나 지극한지 감탄하지 않을 수 없다. 왜냐하면 필 꽃은 이미 다 피었다 지고 가을꽃이 아직 입을 열기 전의 공백기를 요 다부진 달개비가 와르르 몰려 나와 우리를 맞이해줄 줄이야 꿈에도 생각지 못했기 때문이다.

요즘 같으면 질척한 땅바닥이면 어디고 지천으로 널려 있는 꽃, 그런 까닭에 천대를 받아왔는지 모르겠지만 만일에 이 꽃이 십 년에 한 번씩 심산유곡에서나 발견될 수 있는 희귀종이라면 우리 인간들은 오두방정을 떨 것이 분명하다. 나는 뒤늦게나마 그 하잘것없는 달개비 꽃이 이토록 매혹적이라는 것을 재발견하게 되었다는 사실에서 사람도 처음에는 보잘것없던 사람이 해가 갈수록 남다른 매력으로 동경의 대상이 되는 경우를 새삼 되짚어보게 되었다.

나는 지금 달개비 꽃 한줌을 작은 꽃병에 꽂아놓고 입을 벌리고 앉아 있다. 우화등선이라는 것이 바로 이런 경지인가! 수백 개의 꽃떨기들은 저마다 탄성을 지르고 있는 것 같다. 마치 생동하는 꽃의 정령들이 한데 어울려 군무를 추는 것 같기도 하다. 저 매혹적인 빛깔! 그것들이 나를 환장하게 해놓고 있는 것이다.

신성한 기도처가
돼 주고, 몸과 마음을
정화시켜 주는
청정한 공간이
돼 주는 것이다.

꽃 피는 산골

간밤에 천둥 번개가 세상을 집어삼킬 듯이 치고 폭우가 쏟아지더니 아침엔 언제 그랬냐 싶게 대지는 방금 목욕을 하고 난 것 같고 하늘은 더 없이 청명했다. 따라서 나의 아침산책의 발걸음은 전에 없이 가벼웠다. 매화를 비롯해 진달래, 목련 같은 꽃들이 선발대로 피고 뒤따라 산벚꽃, 복사꽃 따위가 눈이 부시게 산골을 치장하고 있었다. 산새들은 장단을 맞추듯 지저귀고 멋대가리 없는 나 같은 사람 입에서도 콧노래가 저절로 새어 나왔다. 세상 살아가는 맛이 바로 이런 것인가 감탄을 해대면서 연신 두리번거리며 골짜기로 기어오르는 것이다.

그런데 이게 웬일인가? 어느 놈이 이제 막 새순과 더불어 꽃을 피우려는 금낭화 포기를 송두리째 뽑아 버린 게 아닌가! 내 딴에는 옛날 고향의 꽃동산

을 만든다고 기회 닿을 때마다 나무며 꽃을 갖다 심었다. 금낭화도 세 포기를 심었는데 한 포기는 일찌감치 누가 캐가고, 다행히 위쪽의 두 포기가 소담스레 줄기가 불어나 볼 만했다.

올봄은 유난히 줄기가 실하게 밀고 올라와 하루하루 커 가는 모습이 그렇게 대견할 수가 없었다. 때 묻지 않은 넉넉한 산골에 심었기 때문에 꽃대나 꽃빛에 맑은 피가 흐르듯 투명하게 아름다웠다. 나는 내심 금낭화 경연대회가 있으면 우리 것이 단연 금상감이라고 자만을 하고 있었던 것이다.

한데 무슨 심보로 캐다 말고 심지를 잡아 뜯어 내팽개쳐 놓았으니 어찌 봐야 할지 모르겠다. 꽃이 하도 싱싱하고 예쁘니까 심통이 나서 해코지를 한 건

지, 누군가 나한테 원한을 품고 골탕을 먹이려고 한 건지 별 생각이 다 났다. 나의 날아갈 듯한 기분은 순식간에 나락으로 떨어지고 말았다. 이런 기분은 아무리 좋은 쪽으로 돌리려 해도 며칠씩은 끌고 간다.

하긴 이런 일이 한두 번인가? 울타리 없이 울안을 가꾸고 뒷동산 골짜기를 '꽃 피는 산골'이라고 이름 붙여 놓고, 옛날 고향에서 보던 과일나무며 화초를 키우며, 거기다 먹을 수 있는 두릅, 도라지, 더덕, 취 같은 나물뿐만 아니라 패랭이, 나리, 범부채, 매발톱, 꽃창포 등등 구색을 갖추려고 했고 더구나 자생하는 둥굴레, 잔대, 으아리, 타래난초 따위가 군락을 이루고 있었던 것이다. 이런 식물들이 하룻밤 자고 올라가 보면 송두리째 패여 나간 것이었다. 마치 도굴꾼에 의해 파헤쳐진 무덤처럼 허무하기 짝이 없었다. 심지어 작년 봄엔 울안 양지바른 언덕에 자리잡고 있던 할미꽃 포기가 뿌리는 오간 데 없고 줄기만 그 자리에 널부러져 있는 사태가 벌어졌다. 이럴 때마다 울화가 터졌지만 속수무책이었다. 한갓진 시골 한구석에서 좋아하는 꽃이나 키우며 맘 편하게 살겠다는 꿈이 산산조각이 나는 기분이었다.

봄가을로 나를 더욱 힘들게 하는 것은 울안에 들어와 나물을 뜯는 사람들이었다. 배낭을 걸머진 나물꾼들은 막무가내로 나가질 않는다. 어떤 이들은 도리어 눈을 부라리면서 당신네가 심어 놓은 것이냐고 대든다. 달래, 냉이도

못 뜯게 하는 야박한 인심이 어디 있느냐고 따진다. 또 가을이면 도토리, 밤 줍는 이들의 침입이 극성이다. 정말 이 짓도 거저 되는 것이 아니라는 것을 새 록새록 느끼게 되었다. 뜯어 먹겠다는 놈과 뜯기지 않겠다는 쪽이 서로 맞물 려 살아가는 세상이고 보니 덩치가 있으면 적당히 뜯기는 것이 자연의 이치 가 아닌가 하는 생각을 하게 되곤 했다. 그러고 보니 이런 것으로 누리는 대가 를 치르나 보라고 아예 단념해 버리는 습성이 생긴 것 같다.

나는 '꽃 피는 산골' 이라고 부르는 가마 뒤 산골을 옛날 고향 뒷동산같이 꾸미고 싶어 아이들이 소꿉장난 하듯 우리 토종 꽃나무며 야생식물을 틈나 는 대로 갖다 심고 위안을 받고자 했건만 그게 뜻대로 되지 않아 수시로 실 망을 하게 된다. 그래도 골짜기는 그대로 남아 있기 때문에 개미가 물어 나

르듯 갖다 심고 가꾼 것들이 제법 어우러져 꽃피는 골짜기를 늙은 쥐 찬광 드나들 듯 한다.

나에게 그 자리는 어릴 적 엄마의 품속 같은 곳이며, 고향이 사라지고만 지금에 와서는 몸과 마음을 기댈 수 있는 고향인 것이다. 이 삭막하고 살벌한 세상에 그곳이 없다면 나의 심신이 쪼그라들지 않고 이만큼 편안할 수가 없을 것 같다. 세상사 힘들고 답답할 때 나에겐 위안처가 돼 주고 안식을 할 수 있는 곳이다. 눈에 보이고 귀에 들리는 것이 구역질나고 속이 터질 때 남에게 터무니없이 경멸을 당하고 나 못난 현실을 뼈저리게 느낄 때 그곳은 나에게 만만한 무른 땅 노릇을 해주고 있다. 그런가 하면 신성한 기도처가 돼 주고, 몸과 마음을 정화시켜 주는 청정한 공간이 돼 주는 것이다. 언제고 찾아들면 자연과 교감할 수 있는 여유를 준다. 그 속에 서식하는 이름 모를 곤충이나 하찮은 풀꽃 하나까지도 말을 걸고 싶은 충동에 사로잡히게 된다. 참으로 귀엽고 귀한 생명체들이 오순도순 조화를 이루며 평화롭게 살아가는 모습이 무언의 교훈을 주고 있는 것이다.

세상은 무섭게 바삐 돌아간다. 이곳 또한 평화롭던 산천이 개발이라는 명

분 아래 파헤쳐지고 있다. 어찌 그리 우악스럽고 인정사정없이 잔잔하던 고장을 이 지경으로 만들고 있는지, 과연 이런 세상이 얼마나 지속될까 하는 걱정을 하게 된다. 그렇기 때문에 '꽃 피는 산골'은 더욱 나에겐 소중한 곳이다. 코앞까지 밀고 들어왔지만 아직은 자연의 원형을 지키고 있다. 아침에 일어나서 나른한 팔다리와 기분으로 걷기 시작해서 한 바퀴 돌아 내려올 때는 어느새 가뿐한 몸과 마음으로 바뀌는 것이다.

나는 이곳을 거창하게 꾸미고 싶은 생각은 추호도 없다. 다만 비어 있는 공간에 돌탑이나 돌담을 쌓아 그 옛날 가난하던 고향 뒷동산을 흉내 내고 싶다. 적어도 내가 여기서 농사를 지으며 도자기를 하는 한 찾아오는 손님들의 안식처가 되어 마음껏 자연과 교감할 수 있는 터전이 되었으면 한다. 제발 이곳만은 파괴되지 않고 언제까지고 신선한 자연으로 남아 있게 되기를 빌고 또 빈다.

생명의 향기로 넘쳐나는
천상의 현신

흰 연

그 언제 적부터 울안 한쪽에 연못을 만들어 연꽃을 심고 싶었다. 물론 엉덩이 큰 여자 하나 걸터앉을 만한 웅덩이 같은 연못이라는 게 있어 거기다 수련을 심어 자줏빛 꽃과 하얀 연꽃을 즐기고는 있었지만 그것들은 개연이라고 해서 마음에 흡족한 게 못 되었다. 그러던 차에 그다지도 귀하다는 중국 황실연이 어느 절에 있다는 소문을 듣고 찾아갔다. 때는 마침 연꽃이 한창 피어올라 장관을 이루고 있었고 그 향기는 온천지를 진동하는 것 같았다. 결국 다음 해 봄에 연뿌리를 얻게 되어 미리 마련해 놓은 연못바닥에 심을 수 있었다.

사실 나의 처지가 울안에 연꽃을 심어 놓고 호사를 누릴 만큼 여유로워서 어슬렁거릴 수 있다든지, 아니면 그 뭔가 한량기인지 변덕이 팥죽 끓듯 부글

거려 누구들처럼 피어 있는 연꽃 심지 속에 찻잎을 숨겨 놓았다가 그 기묘한 맛을 즐기느라 다도삼매에 빠진다든지, 그것도 못 되면 휘영청 달 밝은 밤에 좋아하는 친구들을 불러들여 연못가에 한가로이 앉아 술잔을 기울이며 꿈속 같은 이야기로 시시덕대느라 밤 가는 줄 모르는 위인도 못 되면서 단지 꽃이 좋아 감행을 한 것이었다.

　때는 온 나라가 IMF다 뭐다 해서 주위 어디를 둘러봐도 신통한 구석이 없었다. 이럴 때 누가 돈 보따리나 지고 들어와 날벼락을 치듯 뒤집어 씌우면 모를까 도대체 그 거머리처럼 달라붙어 떨어질 줄 모르는 찐득대는 기분이 생사람 잡기에 꼭 알맞았다. 그런 중에도 날이 밝으나 해가 지나 혼자 굼실거리고 지내지만 어쩌다 사람들 틈에 끼면 남을 원망하고 욕하는 것으로 나 홀로 올바른 척 목청을 올리곤 했다. 같잖은 것은 세상 걱정 도맡아 해대느라 그런 지 밤낮 우거지상이었다. 어떻든 세상사는 재미가 그 언제였던가 싶게 팔다 리에 힘이 쏙 빠졌다. 남들처럼 거창한 사업이 거덜이 나서 가슴을 태우는 것 도 아니고, 다니던 직장에서 밀려나 앞날이 캄캄한 것도 아니건만 그 무덥고 눅진거리는 날씨만큼이나 기분이 축 처진 데는 용빼는 수가 없었다.

그렇게 기승을 부리던 더위가 한풀 꺾이는가 싶은 때가 되자 뜻밖에 심신 에 활력을 주는 사건이 일어났다. 그것은 사건이 아니라 조용히 찾아온 자연 의 손길이었다.

이른 봄 구해다 심은 연잎 사이로 쭉 빠진 꽃대가 여기저기 밀고 올라오는 것이었다. 솔직히 당년에 꽃대가 저토록 힘차게 나오리라고는 상상도 못 했 던 것이다. 기가 막힌 노릇이었다. 너무 신기하고 좋아도 기가 막히게 돼 있는 지 그건 모르지만 세상을 다 차지한 제왕의 기분이 바로 이런 것이 아니었을 까? 나도 이제는 있는 대로 잘난 체를 해봐도 좋을 것 같았다. 그 연뿌리를 얻 기 위해 환히 들여다보이는 간사를 떨고 코밑에 진상을 하느라 치사하게 군 생각을 하면 창피스럽기도 하지만 해볼 만하다 생각하니 회심의 미소가 새어 나왔다. 뿐만 아니라 이런 식으로 연이 번성하는 날이면 떼부자가 되지 말란 법도 없을 것 같았다. 이거 세상에 없는 품종인데 특별히 생각해서 분양하는 것이니 갖다 잘 키우라고 큰 소리 치면서 받아먹을 것 죄 받아 챙기면 그 재미 도 쏠쏠할 것 같았다.

그 언제 적인가 겨울 국화를 심으면 큰 돈이 생긴다기에 수십 평 온상을 짓고 겨울 내내 연탄불과 씨름을 하면서 죽을지 살지 모르고 동국冬菊을 키운 일이 있었다. 마음먹은 대로 국화는 씩씩하게 자라 주고 귀여운 내 새끼 눈망울 같은 꽃 봉오리가 온상 가득 재롱을 부리고 있었다. 저것 한 송이에 얼마씩이라고 머리를 굴려 보니 엄청난 액수! 학교 선생 때려치우고 국화나 길러 돈방석에 앉자는 생각으로 나날이 가슴이 부풀어 올랐다. 그러던 것이 하루아침에 물거품이 될 줄이야…. 난데없이 겨울 폭우가 쏟아져 축대가 무너지고 그 밑의 온상이 주저앉는 바람에 멀쩡한 하늘에 대고 주먹질을 해댔다. 그나마 몇 송이 남은 것도 꽃값이 폭락을 하고 말아 예쁘기는커녕 원수처럼 보였다. 제 버릇 개 못 준다고 수십 년 전 부리던 객기를 다 늙은 지금에 되살려 또다시 환상에 사로잡혀 있었다니 구제불능의 속물 덩어리라는 사실이 결국 만천하에 드러나고만 셈. 아이구 이를 어쩌면 좋을까?

마침내 눈부시게 흰 연꽃이 벌어지기 시작했다. 그토록 어엿하게 티 없이 하늘을 배경으로 '천상천하유아독존天上天下唯我獨尊' 격으로 고고하게 이 티끌 세상을 불쌍히 바라보고 있는 것만 같았다. 여하간 신비롭기 이를 데 없었다. 저 정교하기 짝이 없는 황금 꽃술! 왕관처럼 권위와 품위를 갖춘 황홀함, 그것은 생명의 향기로 넘쳐나는 천상의 현신이었다. 향기는 놀라웠다. 그것은 외관에 못지않게 신선하고 그윽했다. 순간 나의 몸과 마음은 순화되는 것 같았고 굳어진 것만 같았던 모든 감각기관이 환희로 물결치는 것을 느낄 수 있었다.

때마침 어디서 날아왔는지 꿀벌 한 마리가 꽃 속으로 찾아 들었다. 꽃술은

이 작은 곤충의 입맞춤에도 바르르 떨고 있었다. 참으로 오묘한 자연의 이치, 마치 천수백 도 불길 속에 녹아 하늘거리는 도자기의 속살처럼 술 속에 감싸여 녹아 태동하는 생명의 신비를 보여 주고 있었다. 너무나 연하고 투명한 연밥은 생명의 원형이었다. 아, 그 속에서 뿜어 나오는 향기! 사람을 당장 뇌쇄시킬 만했다. 우리 같은 저속한 감각기관을 이토록 흔들어 놓을 때야 그 안에 감춰진 깊고 높은 뜻은 어떠하랴? 나는 나도 모르게 뇌까려댔다. "전생에 내가 무슨 좋은 일을 했기에 이렇게 향기로운 속에서 살지?"

울안 가득 고여 있는 연 향기를 가슴이 부풀도록 들이마시면서 하찮은 연못 몇 평이 그렇게 대단할 수가 없다는 것을 뒤늦게야 깨닫게 되었다.

콩새라는 놈들이
실낱같은 풀 이삭에
매달려 마른 씨을
쪼아 먹는 것이었다.

마른 풀잎 사이를
깨금발 뛰는 산중진객

콩새

나는 아침에 일어나면 누가 오라는
것도 아닌데 무슨 큰 볼 일이나 있는 것처럼 뒷산 골짜기로 발길을 옮긴다. 소
위 아침산책을 하는 꼴인데 빠듯한 시간을 정해 놓고 하느라 진정한 산책의 맛
을 누리는 편은 못 된다. 그러나 이 시간만큼 신선한 자연을 호흡하고 생기가
넘칠 때도 없는 것 같다. 봄, 여름, 가을, 겨울의 제각기 다른 변화를 몸소 체험
하다 보면 덤으로 인생의 어떤 이치를 깨닫는 듯한 기분에 잡히기도 한다. 그
중에서도 나의 현재 지점이 그래서인지는 몰라도 요즘 찬바람이 휘익 온몸을
후리고 지나는 초겨울의 실상은 그렇지 않아도 메마른 심신을 한층 움츠리게
한다. 얼마 전까지만 해도 그렇게 무성하던 초목이 핏기를 잃고 앙상하게 형체
를 유지하고 있는 것을 바라보면 어쩔 수 없이 이런 감정에 휩싸이게 되는 것

이다. 그러나 인생 행로 역시 이런 계절의 변화와 다를 게 없으니 서글퍼한들 무슨 소용이 있으랴!

오늘은 무슨 일인지 그렇게 아우성을 치며 마른 풀 사이를 날던 콩새 떼가 자취를 감췄다. 나는 어쩌면 이 새떼가 산책길에 왁자지껄 지지대며 깨금발 뛰듯 풀대 사이를 옮겨 앉는 모습에서 푹 꺼졌던 감정이 풀솜처럼 피어났는지 모른다. 저 앙증스런 몸매며 세상 티가 하나 묻지 않은 곱디고운 털빛과 반짝이는 눈, 그리고 저 얄밉기까지 한 송곳 같은 부리라니, 그렇게 귀여울 수가 없다.

한번은 산길을 오르는데 노랗게 말라붙은 한 무더기의 잡풀 이삭들이 수면 위의 파문처럼 하늘하늘 흔들리고 있었다. 바람도 없는 아침에 이것은 신기

한 사건이 아닐 수 없었다. 처음엔 눈을 의심하다 염탐하듯 몸을 낮추어 살피
니 바로 그 콩새라는 놈들이 실낱같은 풀 이삭에 매달려 마른 씨를 쪼아 먹는
것이었다.

　놈들은 이리저리 옮겨다니며 아침 요기를 하는 중이었다. 아무리 창자가 작
다고 한들 저 겨자씨 같은 풀씨를 얼마나 쪼아 먹어야 배를 채울까 싶으니 먹
고 산다는 게 사람이나 짐승이나 쉬운 게 아니라는 생각이 들었다. 그러기에
'아침에 우는 새는 배가 고파 울고요⋯⋯' 어쩌구 하는 노래 토막처럼 이 황량
한 겨울의 문턱에서 생명을 유지한다는 것이 얼마나 절실한가를 새삼 실감케
되었다. 사실 이 콩알을 연상케 하는 작은 새의 먹이라 해봐야 사람의 그것에

비하면 벼룩의 쓸개에 불과할 테지만 생존을 위해서는 이른 새벽부터 곡예를 하듯 마른 풀 이삭에 매달릴 수밖에 없는 것이다. 그러나 거기엔 삶의 활력이나 환희 같은 것이 느껴져 한때나마 천진난만한 아이 시절의 기분으로 들뜨게 되니 그 옛날 고향 뒷동산 기슭에서 뛰놀던 생각이 불현듯 일어났다.

한국 전쟁 때의 일이다. 두메산골 고향으로 피난을 가서 세 차례의 겨울을 보냈다. 웬일인지 그때는 눈이 많이 왔다. 하룻밤을 자고 나면 눈에 무릎이 빠질 만큼 온 천지는 하얗게 덮여 있었다. 이렇게 되면 산새 떼나 산짐승이 인가로 내려왔다. 우리는 새덫을 놓았다. 사촌동생과 나는 잡아서 구워 먹기보다는 잡는 재미로 새를 잡아서 사랑방에다 가두었다. 햇살이 눈부시게 쏟아지는 앞마당 가운데 놓인 덫에는 괴어 놓기가 무섭게 새들이 덤벼들었다. 사랑방은 어느새 수십 마리의 새떼가 퍼덕대는 새장이 되고 말았다. 그런데 문제는 시렁에 이듬해 봄 씨앗거리로 매달아 놓은 수수를 새들이 까먹은 것이었다. 그래도 우리는 좋기만 했다. 놈들이 그야말로 이게 웬 떡이냐 싶게 마냥 파먹는 바람에 집에서는 난리가 났다. 어른들은 당장 문을 열어 제치고 빗자루를 휘둘러 새떼를 몰아냈다. 우리는 속이 쓰렸지만 몽둥이찜질을 당하지 않은 것만도 운이 좋았다.

이제와 생각해 보니 정말 운이 좋았던 쪽은 바로 그 산중의 진객들이었다. 배를 잔뜩 채우고 유리알 같은 창공을 향해 신나게 날아가던 놈들의 모습은 한 토막의 영화장면처럼 아직도 신선하게 느껴진다.

이른 아침 산책에서 콩새 떼를 만나는 것은 빼놓을 수 없는 즐거움이 되고

말았다. 놈들은 짹짹거리며 포록포록 숨바꼭질하듯 마른 풀잎 사이를 날아다
닌다. 마치 "안녕하세요? 안녕히 주무셨어요?" 하며 내 혈육이나 된 것처럼
그 귀여운 부리며 반짝이는 눈이 그렇게 정다울 수가 없었다. 어쩌다 이놈들
이 눈에 띄지 않을 때는 서운한 생각이 들었다. 그리고 궁금해지기 시작했다.
먹을 것을 찾아, 아니면 새 보금자리를 찾아 어디로 날아가 버렸나, 그렇기만
해도 좋으련만 어떤 못된 인간들이 잡아가지나 않았나 방정맞은 생각까지 드
는 것이었다. 하긴 밥 먹고 할 짓 없는 건달들이 수시로 새총이나 그물을 메고
오르락내리락 하는 것을 벙어리 냉가슴 앓기로 바라볼 수밖에 없었으니 내
자신을 한탄할 수밖에 없었다.

요즘 와서 하도 인간답지 못한 짓거리를 많이 봐서 웬만한 것은 그저 그러려니 너그럽게 넘어가려고 하지만 바보천치처럼 번번이 속을 부글거리며 투덜댄다. 멀쩡하게 잘 차려 입은 젊은 남녀가 몸을 밀착하고 데이트라는 것을 하느라 한적한 골짜기를 찾아들어 남겨 놓은 흔적이란 하등동물만도 못하다는 것을 수시로 발견하게 된다. 뜯다만 닭다리나 먹다버린 음식 찌꺼기, 술병, 담배꽁초, 휴지 쪼가리, 비닐, 깡통 따위가 앉았던 자리에 마구 흐트러져 있는 것이다. 으슥한 곳에서 무슨 짓을 한들 내 상관할 바 아니지만 우리 모두의 맑은 자연을 그토록 흉측스럽게 해놓을 것이 뭔가? 이런 식으로 신선한 자연을 짓밟은 결과 자연은 악취를 풍기며 신음하고 있다. 모든 생명체들이 어우러져 오순도순 살아갈 터전을 앗아가 버린 것이 전적으로 이기적인 인간들의 욕망과 교만으로 인한 것이니, 비록 보잘것없는 콩새일망정 깃들 터전을 빼앗기고 어디로 떠났다면 인간된 얼굴을 들 수 없는 노릇이었다.

나는 몇 날 며칠을 두고 놈들이 다시 나타나 주기를 기다렸다. 비록 세파를 헤쳐 나가느라 닳아빠지고 욕심이 그득한 속물덩어리이지만 그래도 단순한 순진성 같은 것이 남아 있었음인지 자꾸 그리워졌다. 한편 그동안 사람을 흠뻑 정들여 놓고 낌새 하나 뵈지 않고 매정하게 사라져 버리다니, 그 소행이 괘씸하기까지 했다. 아무리 콩알 만한 소갈딱지기로서니 그렇게 하룻밤 사이에 자취를 감출 수 있단 말인가? 그깟 말 한마디 주고받지 못한 콩새 따위가 없어진 것을 가지고 뭐 그리 유난스레 떠들어대느냐고 한다면야 할 말이 없겠지만 나로서는 눈에 콩깍지가 씌었든, 무엇에 홀렸든 허전한 기분을 달랠 길이 없었다.

　그 맑고 반짝이는 눈빛, 앙증스런 부리, 날렵한 몸매, 아침 햇살처럼 경쾌한 인사, 간드러진 목청, 그리고 매끄럽고 고운 목덜미를 살래살래 흔드는 재롱 등 아침마다 사람의 간을 녹여 놓았으니 어찌 목석이라도 허전하지 않을 수 있겠는가? 생각해 보라! 꽉 막힌 외곬의 순진한 사람이 지극히 사랑하던 상대가 일언반구도 없이 하룻밤 사이에 사라져 버렸다고 할 때 그 낭패감이 어떠할까. 심 맹인과 자빠져 자던 뺑덕어멈이 젊은 봉사 놈하고 눈이 맞아 뺑소니를 친 배신이 이런 것일까? 별 엉뚱한 억측을 다 해보지만 놈들은 그 뒤로 모습을 드러내지 않았다.

　좌우지간 하도 급변하는 세상인지라 하늘을 나는 새 역시 거기 적응하느라 그 생태가 표변함인지, 아니면 나날이 심해지는 인간들의 횡포에 견뎌내지 못하고 도태되는 것인지 나는 알 길이 없다. 아무쪼록 새 보금자리를 찾아 번성하고 즐겁게 날아다니기를 마음속 깊이 빌 뿐이다.

비록 티끌만한
꽃잎이지만, 타의
추종을 불허하는
맑디맑은 선홍색은
정신이 번쩍
들게 했다.

타래난초와 손녀

느닷없이 몇 년 전 일을 곱씹고 앉아 있다는 것이 궁상맞은 청승으로 보일지 모르겠지만 나에게는 뼛속까지 파고든 아픈 상처가 있다.

이제 막 돌이 지나서 갖은 재롱으로 눈에 넣어도 아프지 않을 손녀와의 일상은 깊은 숲속의 미풍처럼 가슴을 시원하고 즐겁게만 해주었다. 그 아기는 집안의 꽃이었고 활력소였다. 그러던 아기가 일 년 넘게 못된 종양으로 두 돌을 막 넘기고 떠날 때까지의 나날은 애간장을 태우다 못해 차마 눈뜨고 볼 수 없는 지경에까지 이르고 말았다. 지금 생각해 봐도 가슴을 저미는 것은 앙상한 갈비뼈와 젓가락 같은 고개로 유난히 크고 무겁게만 보이는 머리를 버티고 있다는 것이 기적 같이만 느껴지곤 했다. 건강한 젖살로 상아빛 윤기가 흐

　고향이 있는 풍경

르던 통통하던 살집이 다 어디로 사라지고 그 연약한 뼈대에 생명 줄을 걸고 버텨나간다는 것이 생명이 얼마나 모질고 끈질기다는 것을 수시로 느끼게 했다. 순간순간의 숨결은 결국 더 끌고 나가지를 못했다.

몇 해 전까지만 해도 우리 '꽃 피는 산골' 막돌탑 주변에는 몇 포기의 타래난초가 뜻밖의 손님처럼 그 어엿하고 어여쁜 자태를 수줍은 듯 풀 속에 숨기고 있었다.

이 들꽃들은 무더위가 막 기승을 부리기 시작할 때 나타났다. 나는 이 꽃이 하도 앙증스럽고 귀여워서 감춰둔 보물처럼 혼자 찾아가 들여다보는 것이 한때의 기막힌 즐거움이 아닐 수 없었다. 그 모습을 어떻게 표현해야 좋을까? 미풍에도 하늘거리는 가녀린 꽃대는 나선형으로 돌아가는 꽃잎으로 더욱 매력적이었다. 비록 티끌 만한 꽃잎이지만, 타의 추종을 불허하는 맑디맑은 선홍색은 정신이 번쩍 들게 했다. 그러던 것이 어느 때부터인가 싹도 없이 사라지고 말았다. 안타깝지만 그보다 더한 것도 가만 놓아두지 않는 세상이고 보니 일찌감치 단념하고 까맣게 잊고 말았다. 그런데 며칠 전 너무나 뜻밖의 장소에서 이 꽃이 무리지어 피어 있는 것을 발견하게 되었다.

수년 전 어느 기업 회장이라는 사람의 가묘를 그럴 듯하게 꾸며 놓았는데 처음에는 본인이 때때로 와서 자기 살 집 가꾸듯 알뜰히 가꾸더니 요 몇 해 동안 무슨 영문인지 그대로 내던져 놓아 봉분에 잡풀이 성하고 마치 흉가처럼 돼 있었다. 어쩌다 가보면, 이 영감님이 건강이 나빠 거동을 못 하나 보라고 은근히 안 된 마음이 일곤 했다. 아직 장례행렬이 나타나지 않았으니 생존해 있는 것만은 틀림없는 노릇이었다. 한편 내 속에선 죽으면 누구나 흙으로 돌아가 자연의 일부가 되는데 이렇게 넓은 면적을 파헤쳐 꾸며야 하나 착잡한 생각이 드는 게 사실이었다. 지금도 이렇게 황폐하게 내팽개쳐 있는 터에 본인이 죽은 다음에 과연 제대로 관리가 될 것인지 주제넘은 걱정을 하면서 한 바퀴 도는데 뜻밖에, 참으로 뜻밖에 타래난초 꽃대궁이 군락을 이루고 있는 것을 발견하였다!

자나 깨나 이놈의 세상 살 데가 못 된다고 툴툴거리던 내 입에서 세상은 살 만한 곳이라는 탄성이 터져 나왔다. 박토에 자란 야생초의 빛깔은 더없이 맑고 선명했다. 세상에 어디 이다지도 귀엽고 맵시 있는 자태가 있을 것인가? 너무나 곱고 연약해서 난데없이 슬픈 감정이 북받치는 것이었다. 그것은 연전에 떠난 손녀의 가늘디가는 목줄기가 이 난초 모습처럼 애처로웠기 때문이리라.

그럼에도 불구하고 나는 요즘 아침 산책 코스를 남의 집 빈 무덤으로 바꿨다. 그리고 한참을 쪼그리고 앉아 그들을 들여다본다. 순간 거기에는 극락이 펼쳐지고 지금쯤은 그곳에서 천진난만하게 뛰어놀 귀여운 모습이 떠오르는가 하면 동시에 마지막으로 타래난초 줄기 같던 애처로운 모습이 겹쳐 어쩔 수 없이 울컥하는 슬픔을 삼키곤 한다.

세상엔 공것이 없다.
누리는 것에 대한
응당한 대가를
치러야 한다.

우울한 아침

이 좋은 봄날 아침, 우리 부부가 아침 식탁을 앞에 놓고 주고받는 소리가 가관이랄 수밖에 없었다. 아침 식탁이라고 해 봐야 방바닥에 나무쟁반 하나 놓은 것에 불과하지만 그래도 이 시간을 통해서 이런저런 소리를 나누며 때로는 속 깊은 이야기, 더러 변덕이 나면 제법 진지한 의견을 나누다 설전도 해가며 하루를 연다고 볼 수 있다.

특히 우리 같은 늙은 부부한테는 봄이 주는 그 생동하는 신선감은 인삼녹용을 찜 쪄 먹게 활력을 불러일으킨다. 아침에 나가 보니 무슨 꽃이 어떻게 피어서 낙원이 따로 없다느니, 꾀꼬리 울음소리와 그 빛깔에 탄성을 지르고, 죽은 줄만 알고 있던 나무에서 새싹이 트는 게 얼마나 신기한지 눈을 의심했다느니 하며 그칠 줄 모르고 밝고 생명력 넘치는 이 자연의 신비에 감동하게 되

는 것이다.

　그런데 그 언제 적부터인가 입에서 댓바람으로 튀어나오는 첫마디가 독화살 같은 것이 되고 말았다. 이제 살날이 많지 않다고 생각할 때 남을 칭찬하고 축복하고 빌어주는 것으로 채워도 시원찮은 날들을 욕을 퍼붓고 혐오하는 것으로 입을 여니 이 행동이 얼마나 인간답지 못한 비열한 짓인가를 창피스럽게 느끼면서도 참지를 못하는 것이다.

　이런 일을 한해 두해 겪는 것도 아니고 어지간하면 그저 그러려니 체념할 만도 하련만 그 하는 짓이 해가 갈수록 더욱 심각해져서 올봄 같은 경우는 극에 달한 것 같은 느낌이 든다. 사실 봄가을로 울안에 들어와 나물을 뜯는다든지 도토리, 밤 같은 것을 줍는 것쯤은 타일러 내보내는 것으로 도가 튼 셈인데

올봄은 무슨 까닭인지 전에 없이 심했다. 요즘 세상 하도 불경기라 살기 힘들고, 따라서 사람들 마음도 강퍅해져서 그런가 보다고 이해를 하려 해도 이건 너무 심한 것이었다.

아무튼 수십 년을 당해 온 일이라 전혀 새삼스러울 것도 없는 소리지만 이런 지면에 넋두리라도 해서 풀어야 할 것 같다. 나는 어려서부터 뭐라도 심기를 좋아해서 중년 이후 널찍하게 마련한 산비탈 터전이 필요충분조건이 돼준 셈이다. 걸리는 대로 갖다 심은 화초며 꽃나무 외에 나물로 먹을 수 있는 두릅, 도라지, 더덕, 취 같은 산나물과 달래, 고들빼기, 돌미나리 따위를 심었던 것이다. 이런 것들이 새 뿌리를 내리고 뾰족뾰족 새순이 돋아나온 것을 바라볼 때면 내 평생 소원이 이루어진 것처럼 하늘을 향해, 땅을 향해 그리 고맙고 고마워서 절을 하고 싶었다. 한편 내 마음속에는 저것들이 소담스레 자라나서 어우러지면 얼마나 귀하고 신선한 먹거리가 될까 상상하면서 당장 부자가 된 기분이었다. 나무에서 금방 꺾은 두릅이며 바로 뜯은 나물로 손님 대접을 할 때의 기쁨이 가슴을 두근거리게 했던 것이다.

나는 늙으면 어린아이들이 소꿉장난 하듯 자연 속에 묻혀서 단순하게 살고 싶은 것이 꿈이었다. 한때 나는 그 꿈이 이루어졌다고 방정을 떤 것이 꼬투리가 되어 어디 한번 당해 보라는 질투의 신의 방해로 가슴을 치는지 모르겠다. 두릅의 경우만 하더라도 채 추위가 풀리기도 전에 새순이 나올 생각도 않는 것들을 잘라가는 것이었다. 그렇게 베어다 어떻게 재주를 피워 순이 나오게

하는지는 몰라도 그런 행위는 다반사였다. 외국 사람들도 그런지, 유독 우리나라 사람들만 기승을 부리는지는 몰라도 몸에 좋다는 것은 어쩜 그렇게 잘 알고 잽싸게 행동에 옮기는지 탄복할 노릇이다.

우리집 뒤 산골에는 둥굴레, 잔대 같은 야생식물이 심어 놓은 것처럼 많았다. 한때 둥굴레차가 몸에 좋다고 법석을 떨더니 하룻밤 사이에 씨를 말려 놓는 사태가 벌어졌다. 그래도 우리는 산골에 도라지며 더덕을 몇 해에 걸쳐 심었다. 결국 '너는 심어라 우리는 캐간다'는 식이 되고 말았지만 허탈하지도 않았다. 말하자면 미련한 놈이 바보라는 것을 증명한 꼴이 되고 말았다. 인정사정없이 씨를 말리고 나야 직성이 풀리는 모양이었다.

우리 고장은 심산유곡이 아닌데도 유난히 엄나무가 많다. 이 나무는 자생해서 최근까지 별로 손을 타지 않았는데 무슨 바람이 불어서 그런지 된통 수난을 당했다. 참으로 가공할 현상은 수십 년 묵은 나무를 송두리째 베어 놓고 껍질을 까가고, 순을 뜯어간 것이다. 그것도 남의 아끼는 동산에 있는 것을……. 예전에는 귀하다는 토종 가시오가피나무를 선사받아 신주 위하듯 심어 놓고 흐뭇해했건만 이것을 뽑아갔다. 작은 나무도 아닌 내 키 한 배 반 정도는 되는 것을 어떻게 캐내어 가져갔는지 놀라웠다.

우리가 보통 깊은 산에 있는 머루나 다래를 익기도 전에 따가는 인간들을 발견하고 분개하는 것쯤은 숙맥 취급을 받아도 동정해 줄 사람이 없는 세상이라는 것을 잘 알고 있다. 몸에 좋다니까 씨를 말리는 것 또한 이해 못 하는 바 아니다. 최소한의 양식을 지닌 인간이라면 어떻게 수십 년, 아니 백년은 됐

을 법한 그 귀한 나무를 죽을병이 들었다 하더라도 그렇게 쉽게 베어 넘겨 큰 짐승 목을 따서 눕혀 놓고 내장, 뼈대를 갈기갈기 찢어발기는 것과 다름없이 만신창이로 해 놓을 수 있는 것인지…….

세상엔 공것이 없다. 누리는 것에 대한 응당한 대가를 치러야 한다. 올봄은 유별나게 꽃 빛깔이 화사하고 투명해서 눈만 뜨면 가슴을 두근거리게 했다. 사람들은 겉껍데기만 보고 신선놀음이라고 진정 찬사를 보내는 것인지 배가 아파 비아냥거리는 건지 좀은 듣기가 민망했다. 그런데 이런 내용을 알면 깨소금 맛이라고 쾌재를 부르는지도 모른다.

한번은 내가 가깝게 지내는 후배에게 농담반 진담반으로 "난 마치 제 몸뚱아리 하나 주체 못하는 늙고 병든 덩치 큰 짐승 같아서 여기저기 뜯겨 먹히는 신세 같아" 했더니 "뜯길 게 있으니 얼마나 좋겠수. 나도 제발 그랬으면 한이 없겠네" 하고 응수하는 것이었다. 과연 그 소리도 틀린 말은 아니었다. 그러나 정작 능력 있고 덩치 큰 사람들은 제 주위 단도리를 기막히게 잘해서 이런

시시한 것으로 허덕이는 나 같은 사람을 보면 "아이구, 딱한 양반!" 하고 코웃음을 칠 것이 뻔하다. 그러고 보면 나 같은 사람은 아무리 땅을 좋아하고 가꾸기에 정성을 쏟는다 하더라도 좁쌀 만한 그릇임엔 틀림없는 것 같다.

그래도 나는 옛날 고향에서 살던 것과 같이 살고 싶어 하고 있다. 옛날식으로 농사를 짓고 옛날처럼 인정을 나누며 살고 싶은 것이다. 아무리 뽑아가고 베어가더라도 또 갖다 심고 돌볼 작정이다.

진정 자연은 옛날과 다름없는 모습으로 꽃을 피우고 열매를 맺어 화수분처럼 후하게 베풀고 있다는 사실이 크나큰 위안이며 희망이다. 제아무리 인간들이 매은망덕하게 반역을 일삼을지언정 그래도 의연하게 우리를 감싸주고 있는 것이다. 저 푸른 산과 들이, 하늘이 내 앞에 펼쳐져 있는 한은 결단코 실망은 하지 않으련다!

2
—
내가 꿈꾸는 삶

우리 민족의 소박한
민족성을 대변하듯
덤덤하고 푸근하며
서민적인 자연스러움
이 깃들어 있는
문화유산인 것이다.

흙장난

　나의 도자기의 뿌리는 자연이다.
나는 아주 어렸을 적부터 흙을 좋아했고, 거기 자라는 나무와 꽃과 풀잎에서
까지 감동을 받았다. 자연은 경이롭고 위대하다. 해와 달이 그렇고 산과 바다
가 그렇다. 그러나 나는 크고 대단한 우주적인 것에서보다는 연약하고 섬세
한 들꽃 같은 데서 생명의 신비를 느낀다고 말하고 싶다. 그렇기에 나의 작품
소재는 거기서 나오고 즐겨 해나갈 수 있지 않나 싶다.

　나는 처음부터 지극히 단순한 기분으로 도자기와 만나게 되었다. 무슨 대
단한 예술 작품을 창작하겠다는 목적은 아니었다. 다만 우리 도자기의, 특히
백자의 그 맑고 깊은 빛깔에 끌리어 뛰어들게 되었다. 첫 번째 전시회에서 말
했듯이 '바닷물의 그 빛깔에만 현혹되어 깊이를 모르고 뛰어드는' 바보였다.

그러나 '물고기 밥'이 되지 않고 '오색영롱한 진주를 건져내는 경우'를 꿈꾸고 있었는지도 모른다. 그것은 우리 조상들이 쌓아올린 그 찬란한 탑이 역사의 유물로만 머물러 있을 게 아니라 보다 훌륭한 또 한 층을 올려놓는 일이 우리의 임무라고 생각하고 있기 때문이다.

여름날 소나기가 스치고 지난 다음에 물 위에 떠 있는 연잎은 인상적이었다. 그 시원하고 부드러운 연잎에는 옥구슬 같은 물방울이 구르고 귀여운 청개구리가 눈알을 반짝였다. 여기에 참으로 오묘한 자연의 아름다움이 살아 숨쉬고 있다. 그렇기에 내가 즐겨 만드는 형태는 이러한 식물의 잎사귀와 꽃과 열매가 바람에 날리듯 너울대는 것이 주조를 이루고 있다. 그것은 어디까

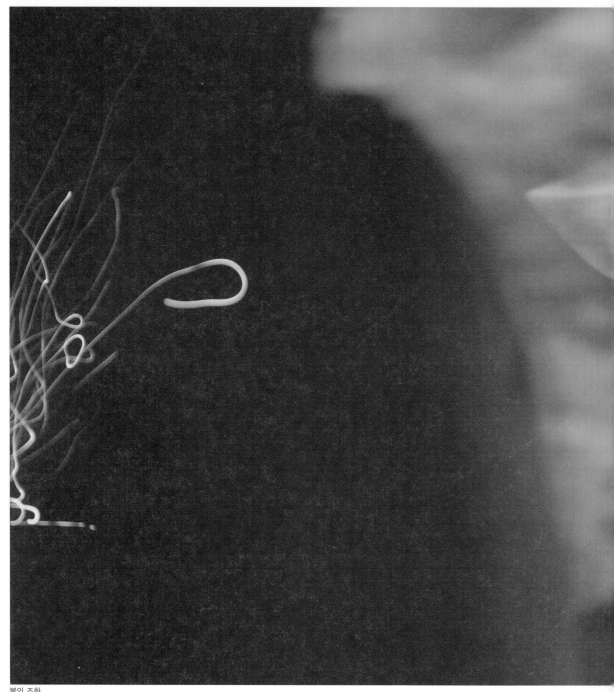

불의 조화

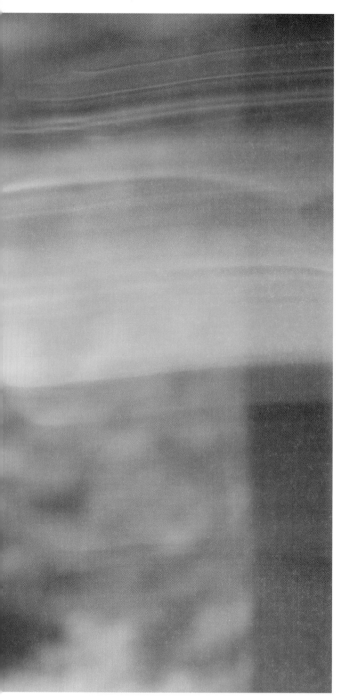

지나 전통에 뿌리를 둔 백자이다. 우리 백자는 '단순미의 극치'라는 찬사가 부끄럽지 않을 만큼 훌륭하다. 그것은 흰옷을 즐겨 입고 우리 민족의 소박한 민족성을 대변하듯 담담하고 푸근하며 서민적인 자연스러움이 깃들어 있는 문화유산인 것이다.

나는 흙(clay)과 유약을 직접 만들고 전기나 기계를 이용하는 일 없이 순전히 손으로 제작하며 굽는 과정에서도 전통적인 용가마를 고수하고 있다. 어차피 이야기가 나온 김에 군소리 같지만 제작과정을 소개하면, 우선 몇 종류의 흙을 적합한 비율로 수비水飛를 해서 말려 지하 저장고에 넣어두고 쓰는데 쓸 만큼 꺼내 질을 밟고 꼬막을 밀어 놓고 떼어서 쓴다. 그 다음은 빚어놓은 것들을 물 손질해서 초벌구이와 재벌구이를 한다.

도자기의 최종적인 성패는 재벌에서 판가름이 난다. 불은 보통 40시간 정도 인데 상황에 따라 그 이상 걸리기도 하며 이 과정이 목욕재계하는 정성과 극히 어려운 정신집중과 체험을 전제로 한다. 한마디로 까다롭기 짝이 없는 불길의 흐름을 맞춰야 하며, 따라서 불의 조화가 신비롭게 작용해 주기를 빌어야 한다. 어떻든, 구운 다음 최소한 일주일은 식혀서 꺼낸다. 그 성공률은 일반적으로 30% 정도, 그러나 그 기준은 애매모호하다는 것을 밝혀두고 싶다.

그렇다면 무엇 때문에 그렇게 힘든 전통적 방법을 고수하는가? 나는 진정 도자기의 진가는 여기에 있다고 믿고 있다. 첨단과학으로 치닫는 현대문명 속에서 상실되는 인간성을 되찾는 길이 원시로 돌아가는 일이라고 믿기 때문에 지극히 비능률적이고 바보같이 보이는 짓을 하고 있는지 모르지만, 진정

한 도자기의 생명은 여기에 있기 때문이다.

우리 백자는 이 땅에서 자란 육송을 때서 구웠을 때 맑고 은은한 빛깔과 질감이 나올 수 있다. 소나무가 타면서 나오는 불길 속의 성분이 유약 역할을 해서 가스나 전기로 단순히 굽는 것 이상의 신비한 작용을 해주기 때문에 볼수록 깊고 푸근한 느낌을 주는 것이다. 그뿐 아니라 해가 갈수록 그 빛깔은 점점 더 맑고 화사하게 좋아지고, 심지어 보는 사람의 기분에 따라 계곡물처럼 맑게도 혹은 흐린 날씨처럼 흐리게도 느껴지는 것이다.

우리가 어렸을 때는 아이들의 놀이가 주로 흙장난이었다. 땅바닥의 흙을 물에 개어서 기분 나는 대로 장난을 하는 것이었다. 나의 흙장난 역시 이와 별다름이 없다고 생각한다. 그것은 어떻든 흙과 친해지는 일이다. 그러자면 흙의 성질을 거스르지 않고 순리를 따를 때 의도하는 형태가 이룩된다고 믿고

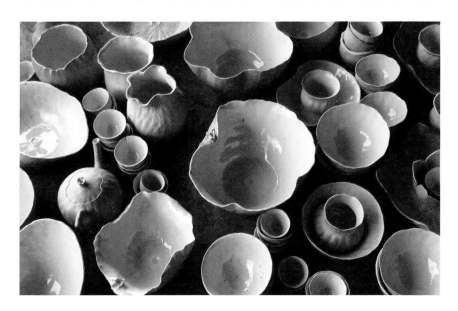

있다. 나는 대체로 만족한다. 마치 어린아이가 어른 보기에 유치하기 짝이 없는 것을 만들어 놓고도 좋아하듯, 그런 기분으로 빚게 된다. 부끄러운 고백이지만 예술가로서 탐구하고 고뇌하는 일이 거의 없다. 그냥 쉽게 자연스럽게 해나간다고 볼 수 있다.

다만 살아 숨쉬는 도자기, 바람에 날리는 듯한 형태, 다시 말해 균형을 잃은 듯하지만 균형이 잡혀 있는 모양을 말한다. 어차피 주제가 크게는 자연, 구체적으로 주로 식물이기 때문에 지극히 자연스럽고 섬세한, 생명력 넘치는 존재로 태어나기를 바란다. 거기에 하나 더 욕심을 말하자면 불의 심판을 거쳐, 또는 청개구리 같은 생명체가 있어서 보는 이로 하여금 웃음을 자아내게 된다면 더 바랄 게 없다.

나의 흙장난은 결국 흙과 물과 불의 조화로 영구불변한 하나의 생명체로 태어나는 것이 궁극적인 꿈이라고 볼 수 있다.

호사스런 밥상

호사스런밥상
이라 하지만 실상은
미개의 원천을
흉내 내는 것에
불과한 아주 간소한
먹을거리이다.

이런 게 뭐 말거리가 된다고 떠벌
여댄다는 것이 조금은 쑥스러운 노릇이지만, 화창한 봄 아침이 선사하는 풍
선 같은 기분을 그대로 눌러 놓기엔 억울할 것 같아서이다. 막상 따지고 보면
억울할 것도 들뜰 것도 없는 지극히 평범한 일상의 한 토막이라 해도 좋다. 으
레 봄이 되면 겨우내 움츠렸던 음울한 아침저녁이 따스한 햇볕과 오색영롱한
봄꽃들로 인해 사람들 마음도 덩달아 활개짓을 하고 분주해지는 것이 누구나
느낄 수 있는 자연스런 현상이니 말이다. 나 같은 경우는 일 년 열두 달 다람
쥐 쳇바퀴 돌듯 그날이 그날로 단순한 생활의 반복이 어찌 보면 맥 빠지고 지
루한 나머지 생을 죽여 가는 처량한 노년으로 비치기 십상이련만 그래도 그
속에는 때때로 정신이 번쩍 드는 신선한 살맛이 아주 사소한 틈바귀에 끼어

있는 것을 발견하고 감격하게 되는 것이다. 사실 아무것도 아닌, 조금도 새롭거나 특이하지 않은데다 의미를 붙여 과대포장을 하려는 것은 아닌지 적이 걱정스럽다.

내 생활의 내용을 들여다보면 창피스럽게도 형이하학적이다. 먹고, 움직이고, 잠자는 것을 빼고는 거의 이야깃거리가 없을 것 같다. 그 중에도 먹는 것이 주류를 이룬다. 그렇다고 식도락을 즐기느라 잘하는 음식점을 순례하는 것도 특별요리를 해 먹는 것도 아니다. 그냥 차려주는 대로 군소리 없이 퍼 넣는다. 물론 어쩌다 짜니 시어빠졌느니 불평을 하지만 먹을 만큼 먹어야 물러앉는다. 하루 세끼 빼놓지 않고 찾아 먹는데 그 언제 적부터 아침만은 스스로 해결하는

방도를 찾아 실행하게 되었다. 내가 말하고자 하는 대목이 여기에 있다.

뭐 대단한 일을 하는 것도 아니고, 마냥 늑장을 피우며 어슬렁거리는 거로 봐서 아침 한때쯤 건너뛰어도 괜찮으련만 한 끼 굶으면 큰일 날 줄 알고 죽자 살자 챙겨 넣는 것이 내 끈질긴 습성인가 보다. 사람에 따라서는 원대한 목표를 세워놓고 불철주야 그렇게 치열하게 정진을 하면서도 단 한 끼 일종식으로 몸과 마음을 정화시키는 것에 비하면 나 같은 경우 우리 속 돼지의 탐식과 뭐가 다를까.

그 썩어 없어질 몸뚱이를 위해서 갖은 잔꾀로 별의별 수단을 다 부리는 세태가 되고 말았다. 자연스러운 삶을 누리기보다 나만의 안락과 욕망을 채우느라 최악의 잔인성을 자행하면서도 눈 하나 깜짝하지 않게 된 것이다. 생존하자면 어쩔 수 없이 남을 희생시켜야 한다. 비록 식물이라도 살아 있는 생명체로 그 나름의 살아가는 뜻이 있는데 하물며 미물에서부터 동물에 이르기까지 집단적으로 대량 사육을 하느라 잔인할 만큼 폭력적인 수단을 쓰는 것이다. 그 다음 단계는 대량 살육이다. 현대사회의 상업주의, 물량주의라는 것이 저질러 놓은 결과는 어찌 보면 절망적이다. 만물의 영장이라는 인간이 고작 자연파괴나 일삼고, 다른 생명체에 대한 횡포나 부리는 일로 우월성을 자부하고 있다면 그보다 더 가증스런 행위가 어디 있겠는가? 후대까지 더불어 잘 살 수 있는 터전을 마련하느라 고심을 하면 모를까 당장 나만 호의호식하고 호사를 누리기 위해 발버둥을 친다는 것이 양식을 지닌 인간의 도리인지 두 손을 가슴에 얹고 반성해 볼 일이다.

　'호사스런 밥상' 이라 하지만 실상은 미개의 원형을 흉내 내는 것에 불과한

아주 간소한 먹을거리이다. 왜 간소한 먹을거리란 소리를 해놓고 그 옛날 고향에서 산으로 나물을 뜯으러 가서 싸가지고 간 찬밥덩이와 고추장으로 뜯은 나물에 밥을 싸서 볼이 터지게 먹던 맛이 떠오를까? 상다리가 휘어지게 차려놓은 산해진미라면 두 치 혓바닥의 변덕을 채워주는 데 부족할 게 없겠지만 문제는 영양 과다로 병주머니가 되는 것이다. 자고로 이밥에 고기반찬해서 삼 년만 먹으면 죽는다는 소리가 있는 것처럼, 옛날 왕들이 단명했던 것이 바로 이런 까닭이 아닐까 하는 생각이 든다. 무엇을 먼저 집어야 좋을지 모를 진수성찬! 다른 생명들을 희생시켜 갖은 기기묘묘한 방법으로 입맛에 좋고 기름지게 차려놓은 음식이 문화의 척도를 가늠하는 상징으로 면면히 이어오는 이 현실 속에서 이런 소리는 괴팍한 넋두리에 불과하겠지만 그래도 나는 내 아침 밥상을 앞

에 놓고 이보다 더 호사스런 밥상이 어디 있겠냐고 때때로 중얼거린다.

방바닥엔 소나무쟁반 하나, 개다리소반도 아니다. 거기엔 대개 금방 끓인 콩국 한 잔, 찰떡, 꿀이나 조청, 잣, 곶감, 사과 같은 과일 그리고 푸성귀 등이다. 잣이나 곶감은 없을 때도 더러 있다. 우리 밥상이 볼 만한 것은 새싹이 돋는 봄부터이다. 겨울은 묻어둔 무가 주품목이다. 비닐하우스에서 키운 채소나 그 밖의 먹을거리는 싫어한다.

네 계절 중에 나를 가장 살맛나게 하는 것은 봄이다. 왜냐하면 땅에서 새로 돋는 야생 나물을 아침에 뜯어오기 때문이다. 산마늘, 취, 삽주싹, 잔대싹, 민들레잎 같은 것으로 사과를 싸서 먹는다. 그 다음은 채마밭에 심어 놓은 상추를 비롯해 몇 가지 청정채를 뜯어서 떡을 싸서 먹는다. 사실은 일어나서 뒷동산(일명 '꽃 피는 산골')과 울안을 돌면서 이런 식물을 뜯는 기분이 더 좋다. 말하자면 생명력이 넘치는 신선한 푸성귀로 아침을 준비하는 과정인데, 남의

눈에는 궁상맞게 보일 수도 있겠건만 전생에 하인 노릇하던 습성이 붙어서 그런지 내 체질에는 딱 맞는 것 같다.

별것도 아닌 것들을 찢어 발겨 놓듯 늘어놓으니 제법 한 상이 그럴 듯하게 차려진 것처럼 보일지 모르지만 그 내용은 거지성자 페터 로이야르의 나무 밑 밥상과 다를 바 없이 지극히 간소하고 소박한 상이다. 내가 여기서 얘기하고자 하는 것은 살아서 춤을 추는 듯한 금방 뜯은 잎사귀들이 펼쳐 주는 자연의 순수한 원형이다. 자연의 한 모서리를 그대로 옮겨 놓은 듯한 생동하는 싱싱한 향연! 이것이 자연과 한 몸이 되는 시간이라면 구차스런 변명일까?

스콧 니어링의 자연과 한 몸이 된 삶이 주는 그 위대함, 나는 그의 삶을 천분의 일, 만분의 일도 흉내 낼 수 없건만 그의 자연 속에서의 생을 마무리 짓는 모습은 이 시대의 모든 사람들이 본떠야 할 최선의 길이 아닌가 하는 생각을 거듭하게 된다.

누구 눈치 안 보고
꽃과 나무를
마음대로 심고
제법 넓은 울안을
꽃향기 속에서
거닐 수 있는 것

내가 소원하던 삶

내가 하루에도 몇 차례씩 어슬렁거리는 울안 언덕이며 길가에는 제비꽃을 비롯해 양지꽃, 민들레, 할미꽃, 피나물꽃, 앵초 꽃 같은 것들이 밟힐 듯 땅에 깔려 있다. 아마도 요즈음은 이런 귀엽고 앙증스런 꽃들을 들여다보는 재미로 사는 것 같은 기분이 든다.

나는 어려서부터 꽃을 좋아했다. 그래서인지 하기 싫은 공부를 대학까지 나오고도 기껏 바라는 것이 꽃 심을 마당이 있으면 한 칸 오두막도 좋겠다는 생각을 하곤 했다. 뜻이 있으면 길이 열리게 돼 있음인지 그야말로 신촌 변두리 창천동 산비탈에 그와 똑같은 무허가 집 마당이 하늘에서 내려준 것처럼 서너 평 온갖 잡동사니로 볼꼴 사납게 나자빠져 있었다. 그릇이 좀 컸더라면 적어도 이삼십 평은 됐을는지도 모르는데 고작 바라는 것이 코딱지 만한 것

이어서 그것도 감지덕지 하늘이 내려준 큰 복이라고 감격하며 꽃밭을 일궜다. 그때야말로 셋방살이를 빠져나와 내 집을 마련했다는 사실이 지옥에서 천당으로 올라온 기분이라 할까, 그래도 흙벽으로 된 안방과 마루와 부엌이 ㄱ자로 돼 있고 웅덩이같이 풍덩 빠진 문간방이 여벌로 딸려 있었다.

나는 그 당시 이 굴속 같은 냉방에서 단편을 쓴다고 새벽 세 시면 일어나 쪼그리고 앉아 머리를 쥐어짰건만 결국엔 너무도 형편없는 글이라 다 아궁이에 넣어 버렸고, 남은 것이라는 게 내 오른쪽 넓적다리 바깥쪽이 손바닥만큼 마비되어 사십여 년이 지난 지금에 와서도 그 증세를 느끼고 있다는 사실이다.

아무튼 양지바른 꽃밭은 낙원이었다. 그야말로 미친년 볼기짝만한 화단에 심을 것은 너무나 많았다. 심을 틈도 없건만 학교가 끝나면 종로5가나 신촌

로터리를 한 바퀴 도는 것이 퇴근길의 즐거움이었다. 사실 그만큼의 열정이면 그 꽃밭의 몇 백 배가 된다 해도 그럴 듯하게 해냈을 것이다.

지금 생각해 보면 별것도 아닌 화초가 왜 그렇게 심고 싶었던지 안타까운 심정으로 기웃거리기만 했다. 길바닥에 팔리지 않고 시들어가는 작약이며 모란 같은 것들을 싼값에 사다가 심어 놓으면 죽이지 않을 텐데 지겹게도 팔리지 않아 땡볕에 죽어가는 것을 바라볼 때마다 아까워 죽을 지경이었다. 내 형편은 살 돈도, 심을 땅도 없는 주제에 무엇 하러 날이면 날마다 퇴근시간이나, 아침 출근 버스 차창으로 그것을 확인하려 들었는지 이제 돌이켜 보면 참으로 딱한 주제 넘는 짓이었다.

사람은 타고난 그릇이 있다고 믿고 있다. 배운 사람이나 무식한 사람이나,

어린아이에서 팔십 노인까지, 종교가 있는 사람이나 없는 사람이나 그 타고 난 그릇대로 사는 것이 아닌가 하는 생각을 하게 된다. 물론 교육으로, 수행으로 사람 됨됨이가 이루어진다 하더라도 결정적인 극한 상황에서의 경우는 타고난 그릇이 좌우하는 것 같다. 비록 아주 작은 아이라도 마음 씀씀이가 넉넉하고 지혜로운 경우를 종종 보게 된다. 그런가 하면 스님, 신부님, 목사님 같은 분들도 사람에 따라서는 그 이기적이고 옹색한 처신을 바라볼 때 착잡한 생각이 나지 않을 수 없는 것이다.

그렇다면 나라는 위인은 어디에 속할까? 나는 스스로 소인배임을 고백하지 않을 수 없다. 남들은 원대한 포부를 품고 그 목표를 이루기 위해 혼신의 노력을 하는 것 같은데 나는 그렇지 못했다. 하다못해 유치원 아이들까지도

장차 장관이 되고 장군이 되고 사장이 되겠다는 소리를 누가 시킨 것처럼 해
대고, 어른들 역시 장군감이니 대통령감이니 하고 추켜세우는 것이 최소한의
예의로 상식화한 풍조로 돼 있는 세상에 꽃 심을 마당이나 딸려있는 단칸집
정도를 꿈으로 알고 있었으니, 선생 노릇 한 이십 년 했어도 주임자리 하나 얻
어걸리지 못했던 것이 당연지사가 아닐 수 없다. 주임자리는 고사하고 윗사
람들한테 밉보여 개밥에 도토리 꼴로, 목구멍이 포도청이라 비굴하게 직장생
활을 해 왔던 것이다.

　실은 한국전쟁 때 고향으로 피난을 가서 꼬박 삼 년이라는 세월을 농사를 지
었다. 서울이 수복되고 우리 집도 서울로 되돌아가게 됐을 때 나는 그대로 시

골에 눌러앉아 농사를 짓겠다고 했다. 그러나 어쩔 수 없이 끌려 들어와 별 흥미 없는 학교 공부를 계속하게 된 것이다. 그때부터 시골에 내려가 농사를 짓고 싶다는 생각이 자리잡게 되었다. 사회생활에서의 답답하고 못마땅한 일들과 심지어는 당장 때려치우고 싶은 울화통 터지는 횡포, 현실적으로 꽉 막혀 있는 절망 속에서 유일하게 위안처를 마련해 주는 것은 장차 시골에 처박혀 밭고랑에 앉아 호미질을 하는 것이 나에게는 최선의 나갈 길이라는 생각이었다.

적어도 사회생활을 원만하게 성공적으로 해나갈 수 있는 조건은 물결을 타듯 거스르지 말아야 한다. 모든 사람을 이해하며 조화롭게 처신하는 것이 무난하다. 싫어도 양보해야 하고 더러워도 참아야 한다. 비굴한 아첨과 웃음을 달고 다녀야 한다. 나는 위의 조건을 하나도 갖추질 못했다. 그러니까 직장은 조금도 즐겁지 않았다. 한마디로 한심한 존재였다.

나는 아직도 그 직장에서 무엇을 공헌했는지 모른다. 다만 생존을 위해 주어진 시간 가르치고 시키는 대로 복종하는 것으로 대가를 받는 것이 반복된 셈이다. 그러나 그래도 그 황금 같은 시기를 통해 원하던 곳으로 건너 뛸 수 있었던 것만은 부인하기 어렵다. 아니 그것이 밑거름이 됐을는지도 모를 일이다.

세상을 끈질기게 살다 보면 운수대통이라는 것이 있는 모양이다. 여기서 말하는 운수대통 또한 내 수준에서 하는 말이다. 로또복권을 사서 하루아침에 수십 억 재산을 챙긴다든지, 또 무슨 사업을 해서, 아니면 정치 꽁무니를 붙잡고 따라다니다 호박이 넝쿨째 굴러 떨어지는 식으로 눈 깜짝할 사이에 세상이 나를 중심으로 돌아가는 자리에 올라 안하무인격으로 큰소리치는 그런 행운과는 근본적으로 다른 것이다. 기껏 누구 눈치 안 보고 꽃과 나무를

마음대로 심고 제법 넓은 울안을 꽃향기 속에서 거닐 수 있다는 팔자, 그리고 일 년 열두 달 먹을 수 있는 농사 지어놓고 오는 손님 점심 한 끼라도 대접할 수 있다는 것이 내게는 소원하던 꿈이 이루어졌다고 믿고 싶다.

어쩔 수 없이 좁쌀 같은 위인이고, 세상만사를 아둥바둥하지 않고 물 흐르듯 살아왔건만 신기하게도 모든 일이 잘풀려 남한테 돈 꾸러 갈 일은 없게 되었다. 참으로 고마운 것은 삼십여 년 전 대학에 발을 붙이느냐, 아니면 밭고랑 신세를 지고 사느냐 하는 기로에 놓였을 때 용케도 주제 파악을 제대로 해서 후자를 택하게 된 것이다. 덧붙여 덤으로 도자기까지 하게 되어 밖에서고 안에서고 흙과 더불어 살고 있다는 사실이다. 늙으면 무료하고 활력을 잃기 쉬운데 비록 손발 움직이는 노동일망정 할 일이 줄을 서고 있는 늘그막 삶이 더할 수 없이 고맙다. 결국 내가 소원하던 삶은 이루어진 셈이다.

한날 흙덩이가
불 속에서 다시
태어나 살아 움직이
는 생명체 이상의
감동을 주는 사실에
대해서는
어쩔 수가 없다.

연잎 위의 청개구리

세상이 돌덩이처럼 얼어붙고 하늘
은 새까맣게 장막을 드리운 듯 숨을 죽이고 있는 이때, 느닷없이 한여름 흐물
거리던 장마철의 또 한순간을 떠올린다는 것이 어찌 보면 생뚱맞기 짝이 없
는 노릇일지 모른다. 나는 지금 책상머리에 쭈그리고 앉아 눈을 반짝이는 청
개구리 한 마리를 바라보면서 만감이 교차하는 상념에 잠겨 있다.

이것은 결코 살아 있는 개구리도 아니고 정교하게 만들어진 조각품도 아니
다. 흙으로 빚은 개구리를 찍은 손바닥만한 사진 카드에 불과한 것이다. 개구
리는 실물보다 훨씬 크고 부드러운 연잎 전에 의젓이 올라앉아 제법 내 세상
이다 싶게 당당하지만 하나의 굳어버린 정물일 뿐이다. 그러나 사진이라는
마술이 빚어낸 효과인지 아니면 변덕 심한 내 마음이 꾸며낸 환상인지 어떻

든 또 하나의 살아 숨쉬는 생명체를 앞에 놓고 내 혈육인 양 들여다보고 있는 것만은 부인할 수 없는 사실이다.

　나는 지난 여름 눅진거리던 장마철 어느 오후 한때를 잊지 못하고 있다. 울 안 정자 곁에 심어놓은 파초는 키 짝 같은 잎들로 하늘을 떠받들 듯 우람하게 너울대고, 어쩌다 소나기라도 뿌리게 되면 그 부딪치는 소리와 옥구슬 같은 물방울이 줄지어 굴러 떨어지는 정경을 연출했다. 나는 그 시원스런 타원의 평면을, 그리고 부드럽고 투명한 초록색을, 더구나 단순미의 극치라고 뽐내 듯 여유만만하게 건들대는 창공의 귀공자를 바라다보는 것만으로도 한여름의 무료함을 달랠 수 있었다.

그런데 이날은 난데없이, 정말 재수 좋게 귀엽기 짝이 없는 청개구리 한 마리를 발견하게 되었다. 마치 이놈은 그 서늘한 그늘에 앉아 선정삼매에 들기라도 한 듯이 꼼짝 않고 밥풀떼기만한 턱만 벌름대고 있었다. 아니면 이 지지고 볶고 난리치는 인간 세상을 가소롭게 여기듯 지긋이 내려다보고 있는 것 같았다. 또 그것도 아니면 너희 인간들, 나 비록 하찮은 청개구리에 불과하지만 좀 유유자적하고 사는 법을 따라보라고 여보란 듯이 앉아있는 것 같기도 했다.

　나는 슬그머니 장난기가 발동해서 손을 대면 터질 것만 같은 배를 양손가락 끝으로 반짝 들어 뒤집어 놓고 싶은 충동이 일었다. 그러나 참았다. 도대체 저렇게 참하고 조용한 놈을 무슨 연유에서 사람들은 '청개구리 심보'라고 못된 우화의 상징으로 삼았는지 동물학자가 아닌 나로서는 알 수 없지만 적어도 내가 지켜본 청개구리는 나무랄 데 없이 귀엽고 사랑스런 생명인 것이다. 다 같은 곤충이라도 모기나 빈대 같은 놈들은 남의 피를 빨아먹고 살을 잡아 뜯어 못 살게 굴지만 이놈이야말로 언제 밥을 달라던든가, 옷을 요구했던가? 기껏해야 인간들도 훌렁 벗고 뒹구는 여름날 천진난만하게 실오라기 하나 걸치지 않은 매끄러운 알몸뚱이를 연잎이나 파초 잎 같은 데 높직이 올려놓고 오수를 즐기는 것이 오만불손하다면 몰라도……. 하긴 그 윤기 흐르는 촉촉한 살갗하며 섬세하게 굴곡진 방금 기름독에서 뛰어나온 듯한 야들야들한 등판과 볼록 바라진 양 볼기짝, 아니 그보다도 거기서 풍겨 나올 것만 같은 날오이를 으깼을 때의 시원하고 짜릿한 묘한 냄새가 콧구멍을 벌름대게 할 만큼 망측하다면 미풍양속을 어지럽힌 죄로 벌을 받아 마땅할지 모르겠지만 사

실은 그것은 결코 눈살을 찌푸리게 할 만큼 선정적이거나 난잡하다고 볼 수 없다. 어찌 보면 생명체의 원초적인 본질과 형상을 꾸밈없이 펼쳐 보이는 것이니 신선하고 아름답게 보면 얼마든지 아름다운 정경으로 볼 수 있기 때문이다.

한번은 이놈이 그야말로 천방지축으로 내가 있는 방 안으로 반질거리는 알몸을 과시하듯 뛰어들었다. 아무리 밖에는 장맛비가 추적대고 있어도 저한테는 불나비가 불속으로 날아든 거나 다름없는 모험이었다. 놈은 너무나 어린, 정말 앙증맞은 겨우 꿀벌 만한 것이었는데 수천 길 낭떠러지 벽 위에 붙어 있으면서도 태연자약한 모습이었다. 하 고놈, 여기가 어디라고 네가 뛰어 들어왔냐? 나는 공연히 위급한 생각이 들어 손바닥을 오므려 잽싸게 덮치려 들었다. 그러나 놈은 어느새 펄떡 뛰어 방바닥 구석으로 자리를 옮기는 것이 아닌가. 놈은 내가 저를 살려 주려는 그 갸륵한 뜻도 모르고 요리 뛰고 조리 뛰며 둔탁하게 따라다니는 시골영감을 희롱하는 것이었다. 아니면 제 나름대로 뜻을 가지고 결행한 것인데 인간들이 흔히 저지르는 독선으로 남의 영역이나 자유를 침해했는지 모를 노릇이다. 결국 한참 동안 실랑이 끝에 놈은 잡히고 비가 쏟아지는 문밖으로 내쫓긴 일이 있었다.

여하간 이 청개구리는 나의 전시회를 통해 눈을 의심할 만큼 대단한 존재로 세상에 알려지게 되었다. 우리 집에는 딸 하나 아들 둘 삼남매가 있는데, 위로 둘은 소위 공부를 하는 데 별로 속 썩이지 않고 그런대로 대학과 외국 유학까지 성공적으로 해냈다. 하지만 막내 녀석은 초등학교 때부터 공부하고는 담을 쌓았는지 시종일관 바닥을 기고 있었다. 그러면서도 기죽는 일 없이 놀아대고 말썽부리는 게 일가를 이루었다고 할까? 제 털 뽑아 제 구멍에 박는 콕 막힌 어미 애비하고는 딴판으로 거짓말도 곧잘 둘러대고 능청맞은 것이 녀석의 됨됨이라면 됨됨이었다. 아무튼 둘이 다 교육자라는 우리는 두 손두 발 다 들고, 길바닥에 앉아 뻥튀기를 해먹더라도 콧노래 흥얼대며 살 수 있다면 그것으로 인생을 사는 의미가 있다는 것으로 위안을 삼고 그다지 안달하거나 야단법석을 피우지 않았다. 다만 몸을 움직이는 일, 운동이나 손끝을 놀리는 기능적인 소질이 있는 것 같아 수영과 사진을 배우도록 했다. 수영은 인명구조원 자격을 땄고, 사진은 스튜디오에 가서 밑바닥 일부터 배우도록 했다. 한 일 년 군소리 없이 다니더니 제 누나가 있는 파리로 사진공부를 가겠다고 해서 원하는 대로 해주었더니 차츰 취미를 붙여 간 지 이 년쯤 된 지금에는 학교에서도 좋은 성적으로 인정을 받고 제법 유학생활을 열심히, 그리고 즐겁게 하고 있는 것 같다. 아마 똥통대학도 못 들어가는 등신새끼라고 밤낮없이 지청구나 줬다면 그 괄한 성질에 어떻게 됐을까 아찔한 생각이 들 때가 있다.

지난 여름방학이 되어 두 남매는 오랜만에 귀국을 했다. 내 전시회가 가을로 정해졌으니 전시 카탈로그 작품사진이나 찍어 준다면서 딸은 정성을 다하는 것 같았다. 이번에는 내가 발표하는 자연색 도자기를 가마 울안 이곳저곳에 놓고 며칠 동안을 찍었다. 막내는 제 누나 하는 심부름이나 해주며 얼쩡대는 것 같았다.

그런데 나중에 나온 사진들을 점검하는데 특별히 눈에 띄는 한 장이 나타났다. 나의 연잎 수반 전에 올라앉은 청개구리를 클로즈업시켜 찍은 것인데 상식적인 도자기 사진이 아니라 아주 독특한 것이었다. 우리는 당연히 파리에서 작가로 활동하는 딸의 작품으로 알았다. 그러나 뜻밖에도 그 엉터리였던 막내가 찍은 것이라는 데 모두 눈이 휘둥그레지지 않을 수 없었다. 호맹이를 훔쳐도 단단히 훔쳤구나 하는 생각과 거짓말 같은 현실이 우리 앞에 나타난 것을 보고 녀석의 무언가를 인정해 주지 않을 수 없었다. 실은, 흙을 적당히 주물럭대서 입을 긋고 눈망울을 불거지게 붙인 다음에 허술하게 만들어 올려놓은 것인데 오히려 그것이 배의 심줄로 나타나 살아 숨쉬는 율동을 느

끼게 하니 놀랍지 않을 수 없었다. 어쩌면 천 삼백 도가 훨씬 넘는 그 불속에서 피가 말라 흔적도 없을 것 같은 하나의 생명체가 생생히 다시 태어나 눈을 반짝이고 숨을 들이쉬고 내쉬는 움직임이 역력히 느껴지니 이 어찌 기적이 아니겠는가! 거기다 그윽한 배경은 한없이 높고 높은 천공에서 명주자락을 드리운 듯 부드럽고 화사해서 그 여운은 우주를 느끼게 한다. 이 말은 과장이 아니다. 어찌 보면 우주가 열릴 때 황홀한 빛이 막 피어나려고 요원한 여명과도 같은 현상이 저 배경이 아닐까 하는 생각도 든다.

나의 표현은 한계가 있어 더 이상 쓸 수 없다. 남들이 웃을 노릇으로 제가 만든 것을 가지고 제가 도취해서 떠들어댄다고 해도 할 말은 없지만 분명한 것은 한낱 흙덩이가 불 속에서 다시 태어나 살아 움직이는 생명체 이상의 감동을 주는 사실에 대해서는 어쩔 수가 없다. 나는 그것이 바로 도자기의 신비이며 사진이 지닌 마술이라고 주장하고 싶은 것이다.

지금 밖에는 목화송이 같은 함박눈이 펄펄 마치 수억 만 개의 생명체들이 군무를 추듯 휘날리고 있다. 여름에 일렁이던 정자 옆 파초 잎은 간데없고 그 자리에 끊임없이 쌓이고 쌓이는 눈송이들은 뭔가를 따뜻한 손길로 포근히 잠재우는 것 같다. 나는 여름날의 파초 잎 위에 눈이 쌓여 미끄러져 내리는 정경을 상상해 본다. 그것 역시 빗방울만큼이나 정취가 펼쳐질 것 같은데 어디론가 숨어버린 청개구리는 까맣게 잊고 있었다. 그러고 보니 나를 찾아 뛰어들었다가 쫓겨난 그 애먹이던 놈은 지금쯤 어디에서 깊은 잠에 빠져 있는지……. 하지만 내 책상 앞에는 그 놈 이상의 생명력을 지닌 사랑스런 녀석이 입을 뻥긋거리며 뭔가를 끊임없이 일러주고 있는 것 같다.

내 얼굴

외모가 잘나야
한다는 것이 결코
중요치 않다는 것을
새삼 뒤늦게
이 나이에 와서야
절감하게 된 것이
부끄러울 뿐이다.

자기 얼굴에 대해 어떤 생각을 하고 있느냐는 천차만별이겠지만 대개는 두 부류로 나누어질 것 같다. 자신의 얼굴에 지극한 관심을 쏟는 이와 그렇지 않은 사람들일 것이다. 그럼 당신은 어느 쪽이요 한다면 글쎄 어정쩡하다. 왜냐하면 내가 태어나서 칠십이 넘은 그 기간 동안 어디다 초점을 맞춰 얘기를 해야 할지 모르기 때문이다. 하긴 솔직히 뒤돌아보면 무관심했다고는 말할 수 없다. 아침저녁으로 제 모습이 어떤가 해서 거울을 들여다보며 변덕이 팥죽 끓듯 미소도 짓다 찡그렸다 하는 것이 오늘날까지의 내 습성이라고 하지 않을 수 없겠다. 다만 얼마나 심각하게, 아니면 낯가죽 두껍게 그 순간을 넘겼느냐가 문제인 것 같다. 곰곰 생각해 보면 그때그때의 상황과 심리상태에 따라서 하늘과 땅 차이로 기고만장하게 자만도 하고 실망도 하는 것을 반복해 온 것 같다.

한마디로 여기서 자만이란 웃기는 소리이다. 눈에 콩깍지가 씌지 않고는 결코 자만할 만한 얼굴이 못 됨에도 불구하고 '저 잘난 맛에 산다' 는 말이 있는 것처럼 한껏 고개를 치켜들고 건방을 떠는 경우가 한두 번이 아니었던 것 같다.

아마 삼십대 중반쯤의 일인데, 한번은 남대문시장 바닥을 지나게 되었다. 아침나절이었는데 시장 통은 비교적 한산했다. 어느 가게 앞을 지나는데 여자들 대여섯이 지나는 사람을 보고 피식피식 웃어대며 한다는 소리가 "배우 같은데, 꼭 빼닮지 않았어?" 하고 나를 힐끗힐끗 쳐다보면서 자기네끼리 입방아를 찧는 것이었다. 나는 순간 귀가 번쩍 뜨이고 기분이 굉장히 좋아졌다. "배우 같다구요?" "네에, 어쩜 그렇게 똑같아요?" "거짓말 마세요!" 나는 점입가경으로 흥분된 목소리로 여자들 쪽으로 다가섰다. "세상에, 거짓말이라니요? 저 눈하고 이마 좀 봐!" 하고는 허리가 부러지게 웃어 제켰다. "누구죠?" 여자들은 멈칫멈칫 하더니 아무개라고

하는데 그는 아주 인상파 악역 배우였다.

"저 눈하고 이마 좀 봐!" 하는데 나의 환상은 박살이 나고 말았다. 왜냐하면 내 얼굴에서 눈과 이마는 못생긴 것으론 천하가 다 인정하는 사실이었기 때문이다. 그렇기에 한때는 돈만 생기면 이 새우젓 같은 눈을 쭉 째서 쌍꺼풀을 만들겠다고 벼르기를 열두 번도 더 했었다. 정말 호수 같은 큰 눈이 얼마나 부러웠는지……. 더불어 번듯한 넓은 이마를 한 사람을 보면 내 좁아터진 이마가 더욱 속이 상했다. 이마가 좁으면 소갈머리도 좁다는 소리를 늘상 들었기 때문에 뭐가 잘 안 되는 것은 요 좁아터진 이마하고 눈퉁이가 소복한 눈 때문이라고 원망을 했다.

사람은 인상이 좋아야 하는데 아무리 좋은 인상을 만들려고 거울 앞에 눌러 붙어 있어봐야 기적은 일어나지 않았다. 그래도 눈썹하고 코는 웬만큼 잘생겼다고 자위를 하기 때문에 우거지상은 면할 수 있었던 것 같다. 다행히 코는 동양 사람의 기준으로 볼 때 크지도 작지도 않게 제법 높이가 있어서 얼굴 중심을 잡아주지 않았나 싶다. 물론 현대 감각의 잣대로 잰다면 드높은 서양 사람들의 그것에 비하면 빈대 몇 마리 포개 놓은 것 정도이지만 결코 요즘 도시 젊은이들의 칼날처럼 오똑한 콧등하고는 게임이 안 되는 것이 사실이다. 그래도 우리 민족의 전형적인 얼굴로 볼 때 내 코의 비중은 지극히 양호한 편이어서 이 못난 얼굴을 들고 다니는 데 큰 몫이 돼줬다고 볼 수가 있다.

　　물론 잘생긴 코를 달고 다니는 사람들이 적지 않다. 어떤 사람은 그럴 수 없이 매혹적인 코를 하고 있는 경우를 종종 볼 수 있다. 몸이나 얼굴 크기에 비해서 좀 큰 것 같지만 콧대나 콧날개, 콧구멍의 생김새가 얼굴과 절묘하게 조화를 이루고 잘 지은 현대 빌딩 같은 조형미로 얼굴 한가운데서 홀로 우뚝 윤기를 번들대며 빛나고 있을 때 비록 광대뼈에 주걱턱을 하고 있을지라도 얼굴값을 할 만한 것이다. 나는 여기서 황새부리처럼 무턱대고 높은 코를 말하는 게 아니다. 다만 아무리 잘생긴 코라도 얼굴에 비해 왜소하면 주먹코만도 못하다는 것을 말하려니 적어도 동양인의 코를 기준으로 하더라도 약간의 볼륨은 느껴지는 것이 수준급인 것 같다. 그러고 보니 나의 얼굴 중심을 잡아준다는 코가 결국 내 얼굴을 받쳐 주는 데 얼마나 역할을 해 왔는지 다시 생각해 보니 자신이 없다. 코 하나라도 우뚝해서 날마다 들여다보며 문지르고 두들겨서 공을 들였다면 그나마 늘그막에 이 모양 이 꼴로 병든 노새 같은 모습

은 아닐 텐데…….

　어떻든 남에게 잘생긴 얼굴이라는 인상을 줄 수 있는 것은 코가 잘생기고, 눈이 잘생긴 것보다는 이목구비가 그 얼굴에서 얼마나 잘 조화를 이루고 있느냐에 있는 것 같다. 사실 때때로 체험하는 일인데 코며 눈이며 이마가 하나하나 따로 보면 별로 나무랄 데 없는데도 불구하고 어설픈 얼굴이 있다. 반면 이러한 개체들이 그다지 잘 생기질 않았어도 전체 얼굴이 주는 인상은 그럴듯한 경우를 본다. 나는 가끔 사람들의 얼굴이 놀랍게도 아주 멋있게 보이는 순간이 있는가 하면, 반면 어떤 때는 기분 나쁘게 추악한 꼴로 굳어 있는 것을 발견하게 되는 때가 종종 있다. 이게 뭘까? 누구든 거울을 앞에 놓고 기분 좋게 웃는 얼굴을 한번 바라보라! 그런 다음 악의에 차서 울화를 터뜨리는 모습

을 비춰 보면 똑같은 얼굴이 이렇게 다를 수 있을까 하고 놀라게 될 것이다.

결국 우리의 인상은 마음가짐에 따라 이루어진다는 것을 귀에 딱지가 앉도록 듣고 수많은 책을 통해 알고 있지만 겉껍데기만 꾸미려고 안간힘을 쓰고들 있으니 안타까운 노릇이다. 여성들이 아름답고 매력적인 인상을 주기 위해 필사적인 노력을 하는 것을 보면 박수를 쳐야할지 눈살을 찌푸려야 할지 모르겠다. 지극히 교양 있고 우아하다고 느껴졌던 여성이 식사가 끝나자마자 만인이 보는 앞에서 콤팩트를 치켜들고 얼굴을 두드려대고 루즈를 바르는 장면을 대할 때면 차라리 어디로 도망가고 싶은 것이다. 이렇게까지 모든 사람들 보는 앞에서, 또는 보이지 않는 데서 자기 얼굴이 찬사의 대상이 되기를 노골적이든 은연중이든 바라는 것이 우리의 마음인가 보다.

　나는 정말 놀랄 때가 한두 번이 아니다. 평소에는 물귀신 같은 얼굴을 하고 별 볼일 없던 여자가 어느 순간 성장을 하고 영화에 나오는 여주인공 같은 모습으로 외출을 하는 모습을 발견할 때는 어리둥절하지 않을 수 없다. 그야말로 메이크업의 위력에 탄성을 지르고 싶은 것이다. 그러나 그것은 잠시! 그려 붙이고 덮어씌운 화장품 속에서의 피부를 코앞에서 보노라면 아연실색을 하지 않을 수 없으니 내 심보가 못된 탓인가?

　나도 한때는 쉐이브로션도 바르고 밀크로션으로 맥질을 해대기도 했다. 그래 봐야 빈말이라도 미남이란 소리 한번 들어 보지 못했다. 그렇지 못한 게 철천지한이 됐는지는 모르지만 이 나이가 되도록 얼굴을 바로 세우고 길바닥을 활보하며 멀쩡히 살아 왔으니 아예 포기한 것이 뱃심 편하게 해줬는지도 모를 일이다.

　속물 근성으로 뭐니뭐니 해도 내 얼굴에 지대한 영향을 끼친 것은 수염이다. 청소년기와 젊었을 때는 이 수염 때문에 얼마나 마음고생을 했는지 말도 못한다. 십대에도 애아범 같다는 소리를 안 들었나, 장가도 가기 전 이십대에도 대부분의 사람들은 장가간 줄 알았다고들 안 하나, 한번은 한 사십 된 줄 알았다는 소리를 들었을 때는 '장가는 다 갔구나' 하는 탄식이 나오기도 했다. 그렇던 것이 오십대에 수염을 기르며부터 숨어 있던 위력이 나타났다. 내가 수염을 기르게 된 직접적인 원인은 면도를 할 때마다 하고 나서의 내 얼굴에 더욱 실망을 하게 되는 것이었다. 그러잖아도 날카롭다는 소리를 잘 듣는 터에 양 볼이 푹 꺼진 맹숭맹숭한 얼굴은 왠지 기분 나쁠 정도였다. 그런데 묘한 것은 제법 수염이 덥수룩하게 자랐을 때(면도를 워낙 싫어해서 마지못해 일주일에 한번 정도) 면도를 하려면 물을 바른 내 얼굴이 언제고 괜찮아 보였다. 뻑뻑한 구레나룻이 양 볼을 덮으니 부드러워 보이는 게 사실이었다. 수염을 키운다고 해봐야 기껏 2, 3밀리미터 정도인데 삐쩍 마른 얼굴도 푸근해 보이고 얼굴 윤곽도 어색한 것은 아니었다. 이젠 나이가 들어 흰 눈이 덮이듯 하얗게 양 볼을 씌우고 있지만 윤기 나는 양털은 못 돼도 토끼털 정도는 되니 복스러운 수염이란 소리는 못 들어도 여인네 메이크업 이상의 효과를 보고 있는 것이 사실이다. 결과적으로 어쩔 수 없이 위선의 가면을 쓰고 살아가는 꼴이고 보니 민망한 기분이 안 드는 것도 아니다.

나는 때때로 인생을 잘 살아온 얼굴을 만나게 된다. 세상에는 그런 사람들이 수도 없이 많겠지만 내가 아는 몇몇 분들도 노년의 모습이 정말 부럽기 이를 데 없다. 처음부터 잘 타고나서가 아니라 살아온 삶의 자취가 저토록 자연스럽고 아름답게 빛나고 있다는 사실이 크나큰 감동으로 다가오는 것이다. 우리 주위에는 젊었을 때 기가 막히게 잘생긴 미남 미녀들이 추악한 노년의 모습으로 변모돼 있는 예를 얼마든지 볼 수 있다. 반면 못생긴 걸로 정평이 나 있던 사람이 어떻게 저렇게 편안하고 건강한 모습으로 변했을까 감탄하게 되는 예도 적지 않다. 결국 외모가 잘나야 한다는 것이 결코 중요치 않다는 것을 새삼 뒤늦게 이 나이에 와서야 절감하게 된 것이 부끄러울 뿐이다.

결국 마음 잘 쓰는 것, 그것만이 우리를 멋진 노년으로 살게 한다는 것을 거듭 주장하고 싶다.

세상이
이 '발우공양' 의
백분의 일만
실천해도 지상
낙원이 되는 것은
시간문제일 것
같읍다.

발우공양

자유당 때 지나가는 개가 다 웃을
사사오입 개헌 떼거지를 거울삼아 나도 칠십이라고 우겨도 될 나이가 되도록
어디 한군데 수련회라는 데를 가보지 못했다. 그런데 뜻밖에 시절인연이 닿
아 '맑고 향기롭게' 수련회에 참가하게 되었다. 생리적으로 떼 지어 움직이는
단체에서는 도망치고 싶고, 내 멋대로 지내는 것이 굳어버린 이 시점에서 그
수련회에 참가하게 된 것은 나로선 이례적인 일이 아닐 수 없었다.

원체 탁하고 향기롭지 못한 인간인지라 조금이라도 몸과 마음을 깨끗이 하
고픈 욕심도 있었지만 솔직히 목적은 다른 데 있었다. 좌우지간 난생 처음 수
련복 입고, 좌선하고, 부처님께 큰절 하고, 법문 듣는 새로운 체험을 하게 된
것이 지금 생각해 봐도 잘한 일이었다. 수련회 말미에 각자 감상을 돌아가며

말하는데 내 차례가 왔으니 꼼짝없이 더듬대며 한 소리가 '발우공양'이었다.

과연 불교는 앞을 내다보는 위대한 종교라는 것을 그 심오한 교리에서가 아니라 바로 '발우공양'에서 절실히 느끼게 되었다. 참으로 놀라운 식사문화였다. 세상이 이 '발우공양'의 백분의 일만 실천해도 지상낙원이 되는 것은 시간문제일 것 같았다. 간결하고 정갈한 그리고 절약하는 그 엄격함이, 복잡하고 혼탁하게 살아가는 인간들에게는 무서운 경종으로 다가왔다.

보라. 세상이 온통 쓰레기더미로 쌓이고, 공기며 물이며 산천이 어떻게 돼 가고 있는가를……

옛날처럼 사람이 못 먹어서가 아니라 너무 잘 먹고, 많이 먹어서 병들고 있지 않은가? 우리가 자랄 때만 해도 세숫물을 대야에 가득 담아 쓰면 저승에 가서 그 물을 다 마셔야 한다며 꾸지람을 들었다. 당시만 해도 세수한 물에 발 씻고, 걸레 빨고, 화초에 주었다. 지금은 아마 한 사람이 쓰는 물이 백 배, 아니 천 배는 낭비될 것이다. 많은 인구가 백분의 일, 천분의 일로 아껴 써도 될까 말까 한데 이 지경이 되었으니 어디 가 물 한 모금 마음 놓고 마실 데가 없는 세상이 되었다.

잘사는 나라, 잘사는 집을 들여다보면 무섭게 절약한다. 휴지를 사등분해서 쓰는 집도 있고, 한번 쓴 그것을 따로 간직했다가 다시 쓴다는 의사도 알고 있다. 그런가 하면 방바닥에 물만 좀 흘려도 냅킨을 한 움큼씩 잡아 뽑아 쓰레기를 만드는 요즘 여성들을 보게 된다.

우리 조상들은 보리 찬밥 한 덩이에 물을 말아 짠지 쪽 하나면 만족하고 병 없이 살았다. 갖은 산해진미를 다 갖추어 놓고 호의호식하던 제왕들이 단명한 까닭은 아무래도 모르겠다. 하기는 날이 갈수록 머리가 약아져서 그런지는 몰라도 우리의 역대 대통령들은 그 이상의 호사를 누렸으면서

고향이 있는 풍경

도 얼굴이 번들번들하고 살찐 모습으로 오래 사는 까닭을 역시 알 수가 없다. 다만 그 악명 높은 사사오입 어거지처럼 천하를 호령하던 위력으로 건강과 장수까지 손아귀에 틀어쥐는 재간을 발휘했음직도 한데 그 비법이야 누가 알랴?

아무튼 발우공양이야말로 이 어려운 때 우리 모두가 본받을 만한 식사법이라고 믿는다. 그것은 세상을 맑고 향기롭게 만드는 한 가지 좋은 길인 것만은 틀림없다.

나도 비벼먹은 밥그릇에 물을 붓고 흉내를 내보려고 열심히 노력하는 중이다. 아무쪼록 우리 모두 발우공양 같은 근검절약 정신을 이어받아 건강한 나날이 되기를 빈다.

이런 조각하지 않은
원형 그대로의
내음들이 얼마나
우리를 행복하게
했던가!

나의 후각

　　나는 느닷없이 산나물을 한 보퉁이
뜯어가지고 와서 막 풀어 놨을 때의 그 풋풋하던 향취를 생각하며 흐뭇해하
고 있다. 요놈의 세상이 하도 정체모를 국적불명의 냄새로 요동을 치고 있기
때문에 산에 올라갔다 내려오면서 취 잎사귀 몇 개를 뜯어 코에 대본 것이 발
단이 됐다고 볼 수 있다. 지금 세상 어디 냄새뿐인가? 오만가지가 다 인공조
미료처럼 인위적인 형태로 돼 돌아가고 있으니 말이다. 서운하고 속이 터지
는 것은 우리가 예전에 누렸던 원형의 기쁨을, 맛을, 멋을 거의 잃어버리고 말
았다는 사실이다. 그 중에서도 나는 냄새에 대해 옛날과 오늘날의 차이가 얼
마나 심각한가 하는 것을 거론하고 싶다.

　　우리가 옛날에 맡던 대지의 내음은 다 어디로 사라졌는지, 아니 사람 내음

은 어떻게 돼 버렸는지…….

이제는 그 원초적인 자연의 향취는 거의 다 자취를 감추고 인공적인 냄새로 넘쳐나는 듯한 기분이 든다. 바로 그것이 세상이 발전하고 살기 좋은 쾌적한 공간으로, 시쳇말로 '업그레이드' 됐다고 까불어대는지는 몰라도 내게는 영 아니다. 나는 요란스런 향수를 뿌려대고 나타나는 여인들이나 남자들을 만나면 뭐라고 말을 할 수도 없고 그 곤욕을 고스란히 치러야 한다. 어떤 경우는 짙은 화장품 냄새가 막걸리 썩은 것처럼 쉬척지근한 땀내보다도 더 견디기가 어렵다. 이런 인공의 냄새는 언뜻 코를 자극해서 상쾌한 듯하지만 혓바닥 쾌감만 충족시키는 조미료와 같아서 그윽한 여운과는 거리가 먼 것이다.

나는 그런 여운을 나 혼자만의 비밀인 양 가슴속 깊이 간직하고 있다가 현실이 영 실망스러울 때 위안의 방편으로 떠올린다. 그 옛날 고향집에서 겪었던 일상의 궁색하고 구질구질하던 미개의 삶이 이토록 절실하게 그리워질 줄은 미처 몰랐다. 날이면 날마다 고주박처럼 쓰러져 자고 나면 아침부터 어두울 때까지 단조롭기 짝이 없는 농사일이었다. 이런 일상 속에 그야말로 폐부까지 파고드는 자연의 향기가 기다리고 있었다. 말하자면 매캐한 연기가 부엌문이 미어지게 기어 나오는가 하면, 뒤따라 구수한 밥 끓는 내가 군침을 돌게 했다. 그뿐인가. 아궁이 속의 된장 뚝배기, 쇠죽 푸는 내, 두엄 내, 흙방 내음이 어우러지는 것이다. 때로는 메주 쑤는 내, 김이 무럭무럭 나는 시루떡, 칼국수 끓이는 내, 옥수수 삶는 내, 인절미를 만들려고 거피한 팥이나 녹두

고물을 찧는 내음 등 한없이 다양한 품목들이 줄을 서고 있는 것이다. 이런 조작하지 않은 원형 그대로의 음식 내음만 하더라도 얼마나 우리를 행복하게 했던가!

이 시대에 와서 향기가 사라진 것에 대해 나는 입버릇처럼 통탄하고 있다. 그 어려웠던 시절 사과 두어 개를 사다 깎으면 그 달콤한 향기는 금방 온 방안을 채우고도 남았다. 청과가게 앞, 그 앞에서 안을 들여다볼라치면 다양한 과일의 빛깔보다도 향기가 요동을 쳤다. 바로 향기의 향연이 우리를 취하게 했던 것이다. 그 대단하던 향기가 다 어디로 숨어버리고 말았단 말인가? 지금 세상 사람들이 아무리 '웰빙'을 외쳐대며 '옛날에 못살던 시절'을 비극적인 시대로 업신여겨 봐야 진정한 삶의 질은 그때가 알찼다고 믿고 있다. 겉껍데기만 안고 도는 시대, 눈에 보이고 발에 차이는 것이, 모든 것들이 희번들하고 어마어마한들 그 '에센스'가 빠져 있는 것이 무슨 의미가 있는 건지 나는 모르겠다.

아무리 아름답고 화려하게 만든 꽃이라도 조화라면 생명도 여운도 없다. 비록 눈에 띌까 말까한 야생의 꽃이라 해도 향기를 뿜어 낼 때 살아 있는 생명력이 느껴지는 것이다. 은방울꽃, 으아리, 옥잠화, 작약, 모란, 매화, 조팝, 국화 등 수많은 꽃들이 그 향기로 사람을 매혹시킨다.

현대는 마치 향기 없는 거창한 꽃과 같은 게 아닐까? 사람들 또한 생식력 없는 내시와 비슷해지고 있지 않나 하는 생각을 하게 된다. 비록 퀴퀴하고 시큼한 냄새를 풍기더라도 그때는 사람의 원형을 지니고 있었다. 사람 냄새가

났던 것이다. 꽃마다 그 나름의 향기가 있듯이 나름대로의 체취를 느낄 수 있었던 것이다. 지금은 어떻게 된 것이 생김새며, 옷이며, 표정이며, 사고방식, 정신까지도 판에 박은 듯 정체성 없는 모습으로 기계 인간들처럼 움직이고 있는 것 같다. 그럼에도 불구하고 개성미를 나타내려고 인위적으로 꾸며낸 천편일률적 유행에는 더욱 환멸을 느끼게 된다.

　사람의 향기, 자연스러운 풍김, 타고난 그 모습대로 나만의 독특한 체취를 지니고 산다는 것이 그렇게 힘든 것일까? 아기는 젖비린내를 풍기며 농부는 땀내를, 차량 수리공은 기름때 냄새를 피우는 것이 자연스러운 일일 텐데…….

나는 아직도 어머니의 뭐라고 딱 잡아 표현할 수 없는 내음을 잊지 못하고 있다. 어느 겨울날 새벽 부엌에서 밥을 하다가 방에 들어왔을 때 치맛자락에서 풍기던 연기 내 같으면서도 그것이 아닌 톡 쏘는 내음이 그렇게 상쾌할 수가 없었다. 그것은 분명히 어머니만의 구수하면서도 독특한 체취였다. 나는 그렇게 믿고 있다. 갓 시집온 새색시한테서는 새색시 체취가, 장가 못 간 머슴꾼 방에서는 어쩔 수 없이 고린내, 땀내, 홀아비 내가 뒤섞여 나올 것이다. 그것이 바로 건강한 사람의 자연스런 냄새가 아닐까?

나는 때때로 싱그러운 산나물처럼 향기를 내뿜는 사람을 만나게 될 때 따라서 신선해지는 자신를 느끼게 된다. 사람에 따라서는 주위를 무겁고 어둡게 하는가 하면 밝고 활력 넘치게 해주는 사람이 있다. 대개 그런 사람들은 돈이 많거나 지위가 높은 사람이라기보다는 자연을 닮은 때 묻지 않은 사람들이다. 적어도 나에게는 뒷동산의 바위와 같은 사람, 나무와 같은 사람, 때가 되면 신선한 향기를 내뿜는 야생화 같은 사람들이 아닐까 생각한다.

그래도 아직은 희망을 잃지 않고 있다. 저 우리의 몸과 마음을 정화시켜 주는 태고의 숲속 향기가 있는 한, 가슴을 펼 수 있게 탁 트인 갯벌에서 비릿한 바다 냄새를 맡을 수 있는 한, 그리고 수천 년 내려오는 청정한 사찰이나 성당에서 경건하게 피워 올리는 향내가 끊이지 않는 한, 세상 구석구석에서 묵묵히 일하는 사람들의 땀내가 풍기고 있는 한 우리는 위안을 받을 수 있기 때문이다.

스님의 절은
또 하나의 율동이며
춤사위교 경건한
여무의 한 장면인
것이 분명하다.

108배

저녁 때마다 108배를 하고 있다.
108이라는 숫자가 뭔지, 그 번뇌가 어떤 것인지 모르면서 그냥 개머루 먹듯
백여덟 번을 엎드렸다 일어났다를 반복하는 것이다. 이것은 순 얌체 같은 소
리지만 우선은 운동을 위해서다. 다리 힘이 생길 것 같아서이고, 운동치고는
그렇게 경제적이고 간편하고 효율적인 운동이 이보다 더 좋을 게 없을 것 같
아서이다. 나처럼 땀이 나지 않는 체질도 한 십여 분 하고 나면 태산준령을 오
른 정도는 되니 말이다. 왜냐하면 등산을 해도 웬만한 산 기어오르는 것은 이
마에 땀 한 방울 나지 않고 다만 등줄기만 축축할 정도인데 단지 마룻바닥에
서 십여 분 몸 낮추기를 하는 것으로 온몸이 후끈거리고 이마에 물기가 잡히
니 나로서는 신기하기까지 한 것이다.

　108배를 하게 된 동기는 매주 찾아와 도자기를 빚는 M보살의 영향이 절대적이다. 그녀는 108배가 아니라 하루 300배를 빼먹지 않고 한다는데 큰딸이 대학을 나왔는데도 이십대 같은 모습에다, 그 활력 또한 놀랄 만하다. 그녀는 매일 아침 그렇게 한다는데 내 경우는 원체 게으른 습성이 몸에 배어 아침에 시간 내기가 쉽지 않다. 늙으면 늙은이답게 새벽잠이 없어야 할 텐데 늘어지게 자리에 누워 있으니 늘 아침밥이 늦다. 일어나면 습관처럼 뒷동산 산책을 하고 울안을 한 바퀴 도는 것도 벅찬 형편이니 거기다 절까지 한다면 한나절이나 돼야 아침을 먹게 되는 격이다. 그런 까닭에 나에겐 고민이 하나 더 추가된 셈이다. 아침에 절을 하면 좋겠는데 도저히 틈을 낼 재주는 없고, 그 헐렁한 하루 시간 중 절할 짬을 못 찾고 뭉개고 있는데 M보살의 그 비상한 머리는 "그럼 저녁이나 자기 전에 해보세요!" 하며 "아이구, 이 답답한 영감님, 칠십

을 넘게 뭘 하고 살아서 그렇게 맨재기 콧구멍인가?" 하는 듯 그 날카로운 시선으로 경멸하듯 빤히 쳐다보는 것이었다. 과연 그랬다. 5시 30분에 작업이 끝나니까 6시에 절을 하면 안성맞춤일 것 같은 생각이 들었다. 저녁밥은 7시에 먹기 때문에 그동안의 공백이 대개 나른하고 허무하고 외롭고, 뭔가를 그리워하게 되는데 거기다 쪽꼴이 아플 때가 많아 우울했다. 그런데 이럴 때 108배를 한다는 것은 최선의 방법이었다. 과연 300배를 매일 하는 M보살의 도력이 대단하다는 것을 실감하였다.

사람은 누구나 주제 파악을 하고 살아야 하는데 나 같은 경우는 어찌 보면 천방지축이다. 나이는 칠십이 넘었어도 내 시점이 어디 와 있는지를 모르고 있는 것이다. 한번은 내 나이 또래의 지인이 손자고 며느리가 '늙은이 냄새' 난다고 가까이 오지 않으려고 한다고 해서 충격을 받은 일이 있다. 세상에 늙은이 냄새, 도대체 어떤 냄새가 늙은이 냄새란 말인가? 나는 지금도 나와는 전혀 관계없는 것으로 알고 있으니 뭐가 뭔지 모르겠다.

또 한번은 내 눈으로 똑똑히 본 울지도 웃지도 못할 광경이 있었다. 몇 년 전 지리산 온천탕에서였다. 쌍계사 벚꽃 관광을 해볼 거라고 싸구려 열차관광에 끼어들어 덤인지, 주 메뉴인지는 몰라도 온천욕이 입맛을 다시게 했다. 탕 속에 막 몸을 담그고 느긋이 그 따끈따끈한 촉감을 즐기는데 왁자지껄한 소리와 함께 한 떼거리의 노인들이 뒤뚱거리며 몰려왔다. 아마도 관광버스 두 대쯤은 세냈을 것 같은데 노인들의 벌거벗은 육체는 거의가 아랫배는 불룩한 게 축 처지고 다리는 마른 나뭇가지처럼 뻣뻣하고 뜻밖에도 가늘었다. 그러고 보니 머리가 유난히 크게 보였다. 아하! 늙으면 어린애가 태어날 때 같은 모습으로 돌아가는구나 하는 생각이 들었다. 그러고 보니 나라고 예외일 수 없는 노릇이었다.

독자 분들께서 오해 없으시길 바라는 바이지만, 다 늙은 게 몸매를 유지하기 위해 다리 근육을 강화하려고 108배를 하는 거로 매도하신다면 변명할 여지가 없겠지만 적어도 무릎, 종아리, 장딴지가 상체를 부담 없이 떠받치고 다닐 수 있게 하는 데는 이만한 운동이 어디 있을까 싶다. 아니 그러면 요즘 세상이고, 옛날이고 젊은이들이 얼굴 못지않게 몸의 균형을 멋있게 하기 위해 얼마나 많은 시간과 노력을 투자하는지 모를 판에 시간과 돈 들이지 않고 그 성도 수고를 하는 것이 늙은이의 선상과 일그러진 모습을 바로 세워 준다면

108배 아니라 1080배를 하더라도 손뼉을 쳐 줘야 할 일이라고 생각한다.

나는 때때로 스님들이 날아갈 듯이 가사를 걸치고 넓은 법당마루에서 절을 하는 모습을 바라볼 양이면 뒤쫓아 따라하고 싶은 충동이 인다. 특히 어여쁜 비구니 스님의 절은 간절한 염원을 안으로 끌어안은 기도이다. 먹물 옷이라고 하지만 더 없이 맑고 깊어 도리어 화사한 느낌을 준다. 자연 속에서고, 사람 속에서 유난히 우리의 시선을 사로잡는 빛깔은 스님들의 소위 먹물 옷이다. 구죽죽한 무색옷으로 속세의 화려함을 멀리 하고자 했을 그 빛깔이 정반대의 효과를 나타내는 까닭은 무엇일까? 어떻든 펄럭이는 가사와 더불어 반복되는 스님의 절은 또 하나의 율동이며 춤사위로 경건한 명무의 한 장면인 것이 분명하다.

108번뇌가, 8정도가, 12연기가, 4성제가, 6바라밀이, 84000법문이 뭔지 모르는 불교의 문외한이 108배를 하다 보니 시작하기 전에 합장도 하게 되고, 기도를 하게 된다. 또 가슴에 두 손을 모으고 허리를 깊이 굽히고 절하는 버릇도 배우게 되었다. 이러다 보니 번접스럽게 식구들이나 아는 사람들한테 108배가 좋다고 열을 올리고 있는 것이다. 동서남북 가리지 않고 선무당처럼 108배를 하라고 떠들어 붙일 것을 생각하니 웃음이 나오려고 한다.

3
—
요지경 세상

나는 이보다 더 맛이
좋고 감동적인 밥은
내 일생을 통해
다시는 없을 거라고
생각한다.

녹두밥 한 그릇

지금부터 오십여 년 전, 그러니까 그 참담하던 일제 강점기 얘기니까 호랑이 담배피던 소리같이 들릴지도 모르겠다. 서울 사람들 중에는 사료로 주는 썩은 콩깻묵을 배급받아 끓여 먹고 집집마다 설사 복통으로 변소간에 가 살다시피 하는 일이 비일비재했다.

한편 농촌에서는 보리가 죄 얼어 죽어 춘궁기의 보릿고개를 기진맥진 넘기고도 입에 풀칠할 것이 없어 태상준령이 앞을 콱 막고 있는 격이었다. 그러나 하늘은 아주 죽일 작정은 아니었던지 감자 농사가 잘되어 여름 내내 감자만 가지고 삶아댔다.

당시 나는 초등학생, '살아서 진천鎭川, 죽어선 용인龍仁'이란 말까지 있는 살기 좋은 진천 땅에 살았지만 평생에 가장 곤궁한 소년기를 보내야 했

다. 물론 모두가 어려웠지만 우리 집은 아버지가 연거푸 장사를 실패하는 바람에 형편무인지경이었다. 이렇게 감자로만 아침저녁 점심을 때우니 나중엔 감자 찌는 냄새만 맡아도 진저리가 났다. 그러나 그것마저 동이 나고 호박잎이나 풋성귀로 끼니를 잇다가 미처 풋여물도 안 든 시퍼런 벼포기를 베어 가지고 와 수수깡으로 훑어 솥에 쪄서 말려 방아를 찧으면 쌀톨이라는 것이 배곯은 아기 뱃가죽처럼 쭈글쭈글하고 푸르딩딩했다. 이것을 가지고 멀겋게 죽을 쑤어 퍼먹다 보면 정작 타작을 할 때는 벼논이 반이나 쿨렁하게 파 먹히고 추수를 하면서도 허기를 느끼지 않을 수 없는 그런 불안한 가을이었던 것이다.

　아마 내가 초등학교 오학년 때의 가을 운동회로 기억되는데, 점심밥을 못
가지고 맨 몸뚱이로 학교에 갔다. 점심시간이 되어 남들은 끼리끼리 부르고
잡아끌고 하며 싸가지고 온 음식을 풀어놓고 먹기 시작하는데 나는 비실비실
사람이 없는 구석진 언덕으로 피할 수밖에 없었다. 그런데 어디선가 나의 이
름을 부르는 소리가 허공에 걸린 거미줄처럼 가늘게 들려오는 것이었다.

　귀를 의심하며 소리나는 쪽을 내려다보니 운동장 한쪽에서 허청하게 허리
가 굽은 어머니가 사방을 살피며 목청껏 나를 찾고 계셨다. 어머니는 싸들고
온 점심그릇을 풀어 놓으셨다. 그것은 김이 무럭무럭 나는 녹두밥 한 그릇이

었다. 연둣빛 녹두알이 보석처럼 박혀 있고 윤기가 흐르고 있는 쌀밥은 꿈인가 생시인가 싶을 만큼 황홀한 것이었다.

나는 때때로 그 당시의 밥 한 그릇을 떠올리며 이보다 더 맛이 좋고 감동적인 밥은 내 일생을 통해 다시는 없을 거라고 생각한다. 물론 시장이 반찬이란 말처럼 보리개떡도 꿀맛일 수밖에 없는 그 시절이었지만 그런 좋은 쌀과 녹두를 지금 와서는 찾아볼 수 없는 세상이 되고 말았다.

세상은 온통 세계화니 뭐니 해 가지고 동서양이 뒤범벅이 되어 휘몰아치고 있다. 우리가 먹는 음식만 해도 외국 것이 판을 치는 이때, 제대로 키운 우리 곡식이나 순수한 우리 음식을 맛보겠다는 것은 박물관에나 가서 눈요기를 하는 것으로 위안을 삼을 수밖에 없게 돼 있는 것 같다. 외국 곡식이나 식품이 우리의 창자를 채워 주는 생명의 줄이 되고 만 것이다. 우리가 곧잘 '보릿고개'라고 먹을 게 없어 초근목피로 연명을 해야 했던 그 한 달 정도의 그토록 비참했던 지난날을 떠올려 봐도 이 흥청망청 아까울 게 없는 지금의 우리 식량자급도가 도대체 몇 프로나 되는가? 우리는 지금, 남의 것이 아니면 한 달이 아니라 그 열 배나 되는 열 달 동안 입을 꿰매놓고 있어야 한다. 또 이런 상황이건만 먹을 게 너무 많아서 마구 버린다.

요 며칠 전만 해도 어쩔 수 없이 꽤 유명한 선경仙境인 듯싶은 음식점에서 내 눈으로 직접 목격한 사실이 있다. 안면 근육이 반질반질하고 배가 불룩 튀어나온 중년의 남자들이 대여섯 명 주문한 음식을 즐기고(?) 막 일어서 나가는 상을 보니 토종닭이라는 것을 삶아서 커다란 접시에 수북하게 담아다 놓았는데 까마귀가 찍닥거리다 만 것처럼 군데군데 뜯다 말았고 그밖에 음식들

도 귀신 응감하듯 여기저기 건드리다 말았다. 아마 알뜰살뜰 땅을 가꾸던 옛
분들이 보신다면 당장 하늘이 벼락을 때리지 않는 것이 신기하다고 했을 것
이다.

　나는 얼마 전에 '맑고 향기롭게' 수련회에 참가해 운문사에서의 2박3일을
뜻 깊게 지낼 수 있었다. 깊은 자연 속에 파묻혀 세상사 잊고 수도생활 흉내를
내는 일정은 많은 것을 깨닫게 했다. 그 중에도 바로 이거다 하는 가슴속 깊이
까지 와 닿는 것은 밥풀 하나 물 한 방울을 소홀히 다루지 않는 '발우공양'이
었다. 이거야말로 우리 현대인들이 배워서 실천해야 할 긴급한 과제라는 것
을 느끼게 되었다.

가난한 집안의 여러 형제 속에서 나는 제대로 밥상을 받아본 기억이 나지 않는다. 별로 자상하지 않은 어머니는 나의 생일마저도 툭하면 까맣게 잊고 몇 달이나 지난 다음에야 떠올리는 분이셨으니 그 아무것도 없던 때에 새순이 소복소복 돋아나는 듯한 녹두밥 한 그릇을 운동회 날 싸가지고 오셔서 당신은 한 술도 뜨지 않으시고 먹여 주신 그 밥이야말로 세상에 어느 미식가도 맛보지 못한 최상의 밥상이 아닐 수 없다. 그 따뜻하던 녹두밥 한 그릇은 언제까지고 내 마음 한쪽에 살아 있을 것이다.

수천 수만의
꽃잎들은 나비가
날갯짓을 하듯
저 높은
창공 가운데서
춤을 춘다.

꽃무등

겨우내 골골거리면서 구들장 신세
를 지던 노인이 꽃 피고 새 우는 호시절이 되는가 싶었는데 세상을 떴다. 때마
침 뒷동산 양지바른 기슭에는 온통 진달래꽃으로 별천지를 이뤘다. 사람들은
그 불타듯 이글대는 진달래 포기를 우악스레 캐내고 무덤을 만들었다.

사람이 한번 태어나서 한번 죽는 과정이 간단하다면 지극히 간단하지만 그
동안의 사는 과정은 결코 일률적으로 얘기할 수 없는 불가사의한 것이었다.
그것을 어쩔 수 없는 숙명으로 봐야 할지, 전생의 업으로 돌려야 할지 사람마
다 그 한평생을 살아가는 인생행로는 바닷가 모래알만큼이나 천차만별이었
다. 적어도 이 이야기는 지금부터 반세기가 훨씬 넘는 한국전쟁 피난시절, 고
향에서 체험한 까마득한 추억이건만 지금에 와서도 엊그제 일처럼 생생하게

내 뇌리 속에 자리잡고 있다.

그 당시 사범학교 1학년이었던 나는 식구들과 고향으로 내려갔다. 깊은 두메산골 산전 밭뙈기를 일궈 겨우 겨우 먹고 사는 고향마을은 어느 집을 돌아봐도 지겹게도 가난했다. 그 중에도 유난히 가난에 찌든 큰집에 난데없는 객식구가 끼어드니 말씀이 아니었다. 나는 다음 날부터 지게를 지기 시작했다. 입에 풀칠을 한다는 것도 지게질로 해결되는 것이 아니었다. 묘한 것은 그 터무니없는 상황에서도 굶어 죽지 않고 살아남았다는 사실이었다.

너나없이 선머슴꾼 아이들은 아침밥만 먹으면 떼 지어 지게를 등에 지고 나무를 하러 산으로 오르는 것이었다. 장대처럼 껑충한 놈, 누렇게 뜬 얼굴에

몽땅한 놈, 각양각색의 생김새에다 성질도 제각각이지만 대장 노릇하는 놈이 있게 마련이었다. 아이들은 군대처럼 외줄로 산등성을 기어오른다. 보릿고개를 넘어야 하는 춘궁기에는 거의가 다 초근목피로 뱃구레를 채우건만 어디서 힘이 솟는지 골짜기가 떠나가게 소리를 지르기도 하고 노랫가락을 불러 제끼기도 한다. 여기에는 궁상이 없었다. 컴컴한 추녀 밑으로 저녁연기가 근심걱정을 토해내듯 뭉글뭉글 기어 나오면 얼마 안 있어 멀건 죽 자배기가 방안으로 들어갔다. 저녁은 이렇게 때우지만 그 다음이 대책이 없는 것이다. 그렇지만 이들에게는 저 푸른 하늘만큼이나 기세가 등등해 보였다.

마침내 나무 한 짐을 끝내놓고 지천으로 피어 있는 진달래를 꺾어 꽃방망

이를 만든다. 마치 한번만 치면 무엇이라도 나올 것 같은 도깨비 방망이가 바로 이런 게 아닐까 싶게 황홀한 참꽃덩이가 되는 것이다. 지게마다 나뭇짐 위에는 꽃다발이 올려진다. 굶주린 산짐승이 포효하듯 괴성을 지르며 일제히 산등성이를 내닫는다. 티 하나 없는 푸른 하늘을 배경으로 나뭇짐 행렬은 장관을 이룬다. 세상의 꽃축제가 이보다 더 화사하고 신선할 수 있을까? 수천수만의 꽃잎들은 나비가 날갯짓을 하듯 저 높은 창공 가운데서 춤을 춘다.

나는 지금도 코앞에 펼쳐진 꽃춤이라 해도 좋을 그 광경에 황홀해지곤 한다. 그런 지게 위의 꽃의 율동은 비단 이것뿐이 아니었다. 쇠풀을 한 짐 베어지고 오는 바소구리 위의 드문드문 박힌 생동하는 꽃의 너풀댐 또한 눈이 번

찍 뜨이게 한다. 마치 풀밭을 옮겨가듯, 아니 낙원의 꽃밭을 끌어들이듯 그 바소구리 위의 붓꽃이며 나리꽃이 얼마나 신비했던가? 요즘 세련됐다는 정원의 인위적인 분위기하고는 근본적으로 다른 것이었다. 비록 몇 시간 동안의 풋풋한 풀 향기와 꽃 빛깔이 한낱 소 먹이나 두엄으로 뒤바뀌는 신세로 떨어질망정 나는 그 원시성이 내 몸속 구석구석까지 스며 있어 그 정서가 그리운 것이다.

그 시절 그렇게도 못 입고 못 먹던, 마치 짐승처럼 본능적인 욕구마저도 충족시키지 못하던 일상이었건만 뒤 울안 한쪽 구석에 함박꽃이나 봉숭아를 심어놓고 무슨 감춰놓은 보물을 들춰보듯 넋을 놓고 바라보는 그 심성이 어찌 현대의 희번드르한 과시적이고 표피적인 세태와 비교나 할 수 있겠는가. 꽃방망이는 바로 마당가에 내동댕이쳐졌다가 아궁이로 들어간다 하더라도 그 한순간의 찬란함이라니 참으로 자연스럽고 순수한 것이었다.

지금도 어쩌다가 그런 광경을 눈앞에 그리며 가슴이 뛰기도 한다. 마치 온갖 오물로 뒤범벅이 된 도시 하수 구멍에서 올라오는 악취에 찌들어 있다가 한줄기 신선한 자연의 향기를 맡는 것처럼 신선감에 도취되기도 한다. 이제 그 지루하던 겨울도 물러나려 하고 있어 머지않아 매화꽃을 시작으로 온갖 꽃들이 다투어 피어나리라. 우리 뒷동산에는 그 시절 그 빛깔의 진달래가 만발할 것이다. 올봄엔 꼭 나뭇짐 위에 얹혔던 참꽃 방망이를 하나 만들어 그때 추억을 달랠 작정이다.

각양각색의
얼굴 표정은 희극과
비극이 뒤엉킨
인간 세상을
나타내는 것 같기도
했다.

꽃돼지

죽으나 사나 대중교통밖에 모르는
나 같은 사람도 때로는 이게 웬 떡이냐 싶게 차타는 재미를 만끽한다. 창가에
푹신한 자리에 안락하게 몸을 좌정시키고 스쳐가는 차창 밖을 바라보노라면
마치 쾌적한 영화관이나 오페라 무대 로얄박스에라도 앉은 양 제법 어깨가
뒤로 젖혀지는 것이다. 번들거리는 자가용에 몸을 파묻고 바라보는 눈에는
지지고 볶는 닭장처럼 보일는지 모르겠지만 진짜 세상 사는 맛은 이런 데 끼
어 있다는 것을 미처 모르는 소리일 게다. 크르렁거리는 고물 버스를 타고 한
적한 산천경개를 가슴에 품는 것도 좋지만 쓰고 달고 시큼털털한 사람 냄새
가 물씬 풍기는 저잣거리를 황야의 무법자처럼 휘젓고 달리는 시내버스 속에
서야말로 이 험한 풍진세상 한 귀퉁이일망정 희노애락의 실상을 음미할 수

있다는 사실이 요만조만 짭짤한 것이 아니다.

한번은 소위 우등버스라는 특등시민의 자존 의식을 부추겨 한때나마 백만 장자나 된 양 도취감에 사로잡히게 하는 호화 버스에 오른 적이 있었다. 그런데 저 혼자 고고하게 가증을 떨던 버스가 망령이 들었나 구지레한 뒷골목시장 바닥으로 끼어들었다. 으레 이런 차는 쫙 펼쳐진 고속도로나 고층 빌딩이 즐비한 중심가를 달리는 것으로 알고 있던 나로서는 의아스럽지 않을 수 없었다. 원숭이도 나무에서 떨어질 때가 있듯 싹 차려입은 신사가 진창에 빠진 격이었다.

어찌되었건 나로서는 덤으로 또 다른 세상이 걸려든 셈이었다. 마치 높은

자리에 앉아 밑바닥 인생을 내려다보는 기분이 이런 것이라면 죄받을 소리는 아닐까? 나의 여봐란 듯이 거드름을 피우고 싶은 심보는 차창 외부 유리판을 경계로 저 밑에서 득시글거리는 생존의 현장을 관람하는 기분이 되어 더욱 기고만장해지는 것이었다. 무엇인가 내 눈길을 끌었다.

'꽃돼지'

봉숭아 꽃잎처럼 곱지만 어쩔 수 없이 그야말로 유치찬란한 분홍의 간판 글자가 촌색시처럼 수줍게 그러나 발그레한 미소로 손짓하듯 저만큼 길모퉁이에서 얼굴을 내밀고 있었다. 마치 거두리를 하늘로 치켜들고 피식피식 웃고 있는듯 한 앳된 돼지머리가 연상되었다.

꽃돼지? 꽃돼지라.

괜스레 내 입에서 묘한 웃음이 비어져 나왔다. 도대체 무얼 파는 집 간판일까? 저 원색적인 간판 밑에 과연 꽃다운 시기에 비명에 간 꽃 같은 돼지머리와 개피떡처럼 매끄럽고 맵시 있는 족발뿐만 아니라 서리서리 똬리를 틀고 앉아 번들대는 순대가 행인들의 군침을 샘솟도록 하고 있는 것은 아닐까? 잔뜩 호기심이 치솟아 고개를 외로 틀고 알아보려는데 와글거리는 군중들 어깨 위로 이 무지막지한 호화 버스라는 것이 왈칵 달려나가는 바람에 헛수고를 하고 말았다.

수십 년 전 동대문 근처의 한 학교에 근무하던 때의 일이다. 지금은 그 골목이 사라져버린 것으로 알고 있지만 서울운동장 앞에서 버스를 내리면 한발이라도 질러간다고 청계천에서 동대문을 끼고 큰길로 돌지 않고 그 안쪽으로 뚫린 제법 넓은 뒷골목을 택했다. 이 골목은 이상하게 청계천 시궁창을 닮았는지 언제 지나도 우중충하고 음습한 느낌이 들었다. 하기야 청계천 둑을 따라 그 유명한 사창가가 넝마를 뒤집어 쓴 병든 늙은이들이 웅크리고 있는 것처럼 을씨년스럽게 줄줄이 이어지고 있었으니까. 말하자면 이 골목이 그 입구가 되는 셈이었다. 어떻든 이 골목은 나에게 확

실한 장면 하나를 찰거머리처럼 눌어붙게 해 놓고 말았다.

참으로 묘한 것은 여기를 지날 적마다 '이 놈의 골목을 다시는 들어오지 말아야지!' 하고 다짐을 하면서도 번번이 발길은 똑같았다. 생각해 보면 한번도 기분 좋게 통과한 적이 없었다. 설령 게딱지같은 꽃집이라도 하나쯤 박혀 있다든지 하다못해 식료품 가게나 옷 가게 같은 것이 희떱게 펼치고 앉아 있었던들 좀은 나았을 것이다. 다만 몇 십 년이 지난 지금까지도 화덕 위의 큰 양

은솥 속에서 끓어오르는 허연 김과 누린 냄새, 그 옆으로 가지런히 진열해 놓은 돼지머리들, 그리고 채반에 수북이 담아 놓은 푸르죽죽한 순대가 골목 안을 채우고 있다 해도 과언이 아니었다. 그 중에서도 콜드크림으로 맥질을 하듯 반들거리는 돼지 얼굴들, 한껏 치장을 하고 내 얼굴이 이만하면 안 예쁠 것도 없지 않겠냐고 뽐내듯이 우르르 몰려나와 있는 것 같았다. 비록 목은 잘렸을망정 파안대소를 하는 녀석이 있는가하면 수줍은 듯 귀여운 미소를 띠고 있는 놈, 또 어떤 놈은 세상만사 더럽고 아니꼬워 못살겠다는 듯이 오만상을 찌푸리고 있는 것이다. 그 표정들은 만사를 초탈한 듯, 아니면 팔려나가 다가올 미래를 감지하고 있는 것 같기도 했다. 운수가 터지는 날이면 큰 굿판의 제상에 올라 무수한 경배를 받고 한입 가득 지전을 물어 볼 수 있겠고, 그렇지 못하면 식욕 좋은 입에 뜯겨 무지막지하게 능지처참을 당할 것이었다. 다시 말하지만 각양각색의 얼굴 표정은 희극과 비극이 뒤엉킨 인간 세상을 나타내는 것 같기도 했다. 저 순하게 미소 짓는 어린 아기 같은 얼굴! 그런가하면 능글스럽고 음탕한 술집 갈보 같은 상다귀, 또 어떤 놈들은 고뇌에 찬 우그러진 표정이 너무나 어두워 보는 이의 마음을 무겁게 했다. 그런데도 바로 옆에는 누런 이빨을 공중으로 치켜들고 희극배우처럼 너털웃음을 웃고 있는 것 같은 녀석이 있었다. 마치 돼지머리 전시장 같은 골목 안 풍경이었다.

그렇게 줄줄이 이어진 돼지가게들 중에도 유난히 내 시선을 끄는 집이 있었다. 그것은 사건이 한번 터지고부터 더욱 흥미를 갖게 되었다.

나는 아침저녁으로 그 앞을 지날 때면 어김없이 도둑고양이처럼 가게 안을 흘깃거렸다. 주인마누라는 어느 때고 굴속 같은 가게 안쪽 쪽마루에 쪼그리고 앉아 밖을 내다보고 있었다. 선병질적으로 창백한 얼굴에 빼빼 마른 몸매는 살쾡이가 옹크리고 있는 것 같았다. 더구나 어둠침침한 속에 몸을 감추고 노리고 앉아 있는 모습은 사불여의하면 하시라도 튀어나와 누구라도 물어뜯고 들어갈 것 같은 태세를 하고 있었다.

한번은 퇴근길에 자못 흥미진진한 장면을 목격하게 되었다. 초겨울쯤 되는지 날씨는 사뭇 쌀랑한데 난데없이 비가 쏟아져 골목 안은 그야말로 발 디딜 틈 없이 진창이 돼 있었다. 그런데 이게 웬 일이란 말인가? 그 시궁창 길바닥에 수많은 돼지머리가 나뒹굴고 족발, 순대 따위가 폭격을 맞은 것처럼 널부러져 있는 것이었다.

"저 능구렁이 같은 인간이 맨날 헤헤 하구 있으니깐 늑대 같은 년이 함씬 업신여기고 지랄을 하는 게 아이난 말야! 네 서방 놔두고 남의 사내 넘보는 너 같은 년은 그냥, 어이그 그냥 주리를 틀어 놔야 해!"

가만히 자초지종을 듣고 보니 옆집 가게 여자가 돼지 대가리 올려놓는 좌판을 침범한 것이 꼬투리가 되어 벌어진 싸움이었다. 주인 영감은 인상이 돼지 곱창 같은 질감의 목덜미에 살찐 주먹코가 유난히 커 골목 안 풍경과 아주 잘 맞아떨어졌다. 다만 안주인과는 정반대로 모주대신처럼 뻘건 얼굴을 헤벌쭉해 가지고 가게 앞을 서성대는 게 아무튼 그를 보고 발정 난 수퇘지가 떠올라 능글맞은 영감 소리를 듣는 이유를 알 만했다. 사실 당시만 해도 TV는커녕 곡마단 한번 구경하는 것도 꿈에 떡 맛보듯 하는 시절이라 구경거리라는 게 불구경, 싸움구경이 숨을 헐떡이며 달려가 신풀이를 하는 사건이었다. 삽시간에 구경꾼들이 골목을 가득 메웠다. 그 속에는 꽃색시인지 밤색시들이 잠옷 바람으로 여러 명 뛰어나와 구색을 갖추고 있었다. 나 역시도 이런 싸움구경에는 바금이라 모처럼 구경다운 구경을 하는 것 같았다. 서운하게도 싸움박질은 오래 지속되지 못하고 뒷판에는 싱겁게 막을 내리고 말았지만 내 머릿속엔 추억거리로 자리잡고 있는 것만도 없던 일보다는 낫다고 생각하게 된다.

꽃사슴, 꽃등심, 꽃게탕, 꽃뱀, 꽃미남 같은 소리는 들어본 것 같은데 도대체 꽃돼지가 뭔가? 고향 같은 포근하고 신선한 꽃구름, 꽃동산, 꽃가마, 꽃동네, 아니면 조금은 슬픈 꽃상여 같으면야 듣는 것만으로도 가슴이 훈훈해지고 어서 달려가 보고픈 마음이 일 테지만 꽃과 느글느글한 비게 덩이와 똥밖에 연상되지 않는 돼지하고 무엇이 맞아떨어져 붙여진 이름인지 우리 같은 둔자는 어디서부터 실마리를 풀어야 할지 감이 잡히지 않는다. 하다못해 수의사 뒤꽁무니라도 잡고 따라다녔더라도, 아니면 동물에 관심이 있어 그 방면의 책을 들춰 봤더라도, 그것도 못 되면 아침저녁 꿀꿀대는 소리를 들어가며 한 식구로 살아 봤더라면 남들이 웃을지 모르는 허튼 소리를 늘어놓지 않을 텐데 제발 그렇지 않기를 바랄 뿐이다. 다만 피난시절 돼지 키우는 집에 셋방을 얻어 산 적이 있는데 돼지우리가 바로 턱밑에 받히고 있어 그 냄새 때문에 머리가 다 빠질 뻔했다.

돼지의 정체가 그저 먹어대고 살이 쪄서 볏섬처럼 나자빠져 잠이나 자다 잡혀 먹히는 것이 그 일생인데 그렇게 더러운 똥오줌 속에서 만사태평으로 콧노래를 부르는 건지 콧방귀를 뀌는 건지 시도 때도 없이 꿀꿀거리고 있는 것이 하도 미련스럽게 보여 저 벌름대는 아랫배를 발길로 한번 차고 싶은 충동을 느끼곤 했다. 지금 생각해 보면 밤이나 낮이나 아비규환으로 몽니를 부리고 있는 우리 같은 인간들에 비해 한 차원 높은 도를 터서 유유자적하고 있는지 모를 일이었다.

확실히 이들 돈공(豚公)들이야말로 우리와는 차원을 달리하는 돈생(豚生)을 살고 있다는 점에서 경멸할 일만은 아니라는 사실을 알게 되었다. 우리 눈에 더럽고 미련스런데다 탐욕까지 덕지덕지 붙인 두루뭉수리 같은 꼴로 비칠지 모르지만 정반대의 일면을 발견한 적이 있기 때문이다.

아기 돼지! 천진무구한 귀염둥이, 아니 한 송이 꽃봉오리! 나의 위대한 스승 찰스 램께서도 이 메스꺼운 비게 덩이를 한 송이 꽃송이로 찬양했으니, 황송하게도 이 천학비재한 나 같은 사람이 감히 스승이라 불러 누나 되지 않을까 걱정되지 않는 바 아니지만 그 힘을 빌려 뒤를 따를까 생각한다. 더구나 〈돼지구이를 논함〉에서 어린 돼지의 기막힌 맛을 '꽃송이같이 풍기는 연한 맛, 꽃봉오리 상태에서 베어진 비게……' 어쩌고 했을 뿐만 아니라 그 장황한 수필에서 끝맺음을 '그 녀석은 약한 놈, 한 송이 꽃이라는 것'이라고 하고 있으니 '꽃돼지' 쯤이야 명함도 못 내밀 형편이다.

사실 내가 두 눈으로 똑똑히 바라본 돼지우리 속의 한 장면은 나의 스승께서 봤더라면 하늘의 아기천사 이상으로 표현했을 것이다. 답답하게도 나의 표현력이란 그분의 백분의 일, 만분의 일도 미치지 못하는 실력을 가지고 그려놓고 보니 어쩔 수 없이 현명한 독자들의 상상력에 호소할 수밖에 없다는 사실을 자인하면서 끝을 맺는다.

세상 만물이 서로
의지하고
더불어 사는 것이
하늘의 이치련만

쥐

나는 때때로 더불어 사는 세상이 되면 얼마나 좋을까 하는 생각을 한다. 특히 밤낮으로 대화로 이웃과 오순도순 지낼 수 있다면 더할 수 없이 좋겠다. 세상 만물이 서로 의지하고 더불어 사는 것이 하늘의 이치련만 현실은 그렇지 못한 것이 비극이라면 비극이겠다. 어린 아기가 독사의 굴에 손을 넣어도 물리지 않고, 사슴과 늑대가 함께 뛰놀며, 흰 사람과 검은 사람이 조화를 이루고, 부자와 가난한 사람들이 화목하게 사는 세상이라면 무엇을 더 바라겠는가? 더구나 하잘것없는 미물이나 잡초까지도 함부로 대하지 않는 그런 세상을 꿈꾸면서도 그렇게 살지 못하는 것이 우리의 현실 생활이 아닌가 싶다.

아마 도시의 완벽한 주택 문화에 갇혀 사는 사람들에게는 실감이 잘 안 날

쥐똥나무 앞에서

지도 모르겠지만 허술한 농가 구조에서 지내는 나 같은 농사꾼은 그놈의 쥐에 관한 한, 하늘의 이치보다 더한 것이 있더라도 더불어 살 수 없다는 것이 그동안의 내 체험이다.

놈은 여름 내내 땀 흘려 농사지어 들여 놓은 곡식을 한마디 통고도 없이 마구 먹어댄다. 정작 농사지은 주인은 첫 숟갈도 안 뜬 햇곡식을 제멋대로 입맛에 맞는 것부터 파헤쳐서 난장판을 해 놓는 것이다. 그것도 가마마다 잡아 뜯어 쏟아지게 하고 똥오줌을 마구 싸 놓아 악취가 이만저만이 아니다. "요 개 같은 쥐새끼들을!" 하고 욕을 퍼붓고 보니까 도리어 격을 높여 준 것이 되어 더욱 약이 올랐다.

그뿐인가, 벽에 구멍을 뚫어 놓질 않나 마룻장이고 문이고 문지방을 갉아

내어 통로를 만들고 천장에서는 달리기 연습이라도 하는 것처럼 와르르 득득 소란을 피우기 일쑤이다. 또 때로는 놈들이 무슨 뜀기대회라도 하는 건지, 사랑놀이나 부부싸움을 하는 건지 정신을 차릴 수 없게 소란을 피운다. 컴컴하고 외진 구석을 무대로 하는 놈들이라 그 속에는 무얼 어떻게 살림을 차려놓고 들락거리는지 천장을 뜯어내기 전엔 속수무책이다. 그러다 어느 틈에 내려와 가구며 책은 물론 옷까지 쏠아 놓아 남의 가슴을 아리게 한다. 아무튼 쏠아대는 데는 세계챔피언 감이라 해도 손색이 없겠다. 마음만 잡수시면 콘크리트도 문제없다. 정말 아찔한 것은 집안의 전선줄이나 가스 호스 같은 것을 갉아내어 남의 생명이며 재산을 송두리째 앗아갈 짓을 하는 것이다.

어느 해인가는 씨 하려고 고이 모셔 둔 볏가마니 속에다 그놈들이 새끼를 오골오골하게 낳아 놓고는 한 살림 차리고 앉아 나른한 봄날을 즐기고 있었

다. 또 한 번은 피곤한 몸을 눕히고 막 잠이 들려고 하는데 안방 반닫이 밑에서 닥닥닥 하는 소리가 귀청을 긁는 것처럼 신경을 건드렸다. 제발 닥닥대지 말고 어디로 가버렸으면 하고 빌었지만, 그 소리는 심통이나 부리는 것처럼 더 요란했다. 하는 수 없이 일어나 불을 켜고 때려잡을 결심을 했다. 능지처참을 시켜야지 그대로 방치할 일이 아니었다. 마침 등 긁는 대막대기가 눈에 띄어 거꾸로 잡고 반닫이 밑을 쑤시니 얼마 만에 확 튀어 나와 그 옆 장롱 뒤로 숨었다. 이번엔 한 손에 방망이를 둘러메고 나오면 후려치려고 농 뒤를 훑는데 요지부동이었다. 악을 쓰고 장을 앞으로 끌어내고 뒤를 봐도 벽엔 먼지만 쌓여 있다. 귀신 곡할 노릇이었다. 별도리 없이 농 옆판을 탁탁 치며 구석까지 기어 들어가 밑바닥 판자를 때리니 농 다리 귀퉁이에 붙었다 펄쩍 뛰며 화장대 뒤로 유연하게 몸을 숨겼다. 난감한 노릇이었다. 그리고 경대 앞에 도시의 빌딩처럼 빡빡하게 세워 놓은 화장품들이 눈에 들어올 상황이 아니었다.

결국 화장품들은 왕창 방바닥에 나뒹굴어져 엉망이 됐고, 하필이면 전화기 옆에 있던 난초분과 그 밑의 도자기가 엎어지며 박살이 났다. 향수 냄새는 지독해서 눈물이 나올 지경이었다. 아내는 애지중지하던 향수병이 조밥이 됐다고 펄펄 뛴다. 결국 방안은 화적 떼가 쳐들어온 것같이 되고 방망이, 효자손, 파리채, 합죽선, 대자, 심지어는 책까지 총동원되어 난리를 쳤지만 그놈은 온데간데없고 공연히 북새통만 일으킨 꼴이 되고 말았다. 결국 쥐한테 완전히 희롱을 당한 하룻밤이었다.

만물의 영장이라는 인간이 이렇게 허무하게 패배의 쓴잔을 마시다니……. 그것도 일방적으로 흉기까지 내두르며 날뛴 모양새가 엄밀히 말해 인간의 체

면이 아니었다. 아마 쥐보고 할 말이 있거든 해보라고 한다면 그 반들대는 빠끔한 눈을 빤히 뜨고 역시 뾰족한 주둥이를 오물딱지게 거침없이 내칠 것 같다. 사실 가만히 생각해 보면 교활하다고 할까 앙큼스럽다고 할까, 어떻든 눈치가 잽싼 그 놈들이 말을 안 할 뿐이지 인간 실상을 음흉스레 들여다보고 있을 것 같은 생각이 든다. 내가 퍼부어대던 욕지거리를 알아채고 조목조목 따지고 든다면 꼼짝없이 또 한번 낭패를 볼 것이 뻔하다.

　도대체 형씨네 인간들은 적반하장도 유분수지 누굴 보고 허락도 안 받고 훔쳐 먹느니 어쩌느니 하는 건가? 그야말로 누구 허락도 없이 지구 자원을 다 거덜내다시피 해 놓고 힘 있다는 지도자들은 지도자답게 엄청나게, 일반 서

민은 서민대로 훔치개질, 강도질 하는 것이 우리와는 비교도 안 된다. 형씨가 땀 흘려 농사지은 햇곡식을 주인이 맛도 보기 전에 실례하는 점은 참으로 죄송스럽지만 참새란 놈들은 여물기도 전에 떼 지어 날아와 우리 몇 배로 축을 내도 눈감아 주는 것 같은 태도는 편애를 하는 건지, 유독 우리한테만 미운 털이 박힌 것인지 그건 좀 불공평하다. 또 똥오줌 냄새만 하더라도 우리 것은 양반이다. 형씨도 알고 있으리라 믿는데 우리 숙적인 고양이 똥이나, 온갖 것을 마다 않고 닥치는 대로 먹어치우는 당신네 인간들 배설물을 한번 생각해 보라. 사실 우리 보고 소란을 피운다고 방망이고 뭐고 휘두르며 날뛰는 것 이해 못 할 바가 아니지만 정작 시끄럽게 구는 게 누구인가?

형씨들은 입이나 손발이나 몸으로 내는 소리가 아니라 그 무지막지한 도구, 현대 문명의 첨단 기계장치를 가지고 때와 장소를 가리지 않고 광란하듯 요동을 칠 때는 깊숙한 굴속에 앉아 있으면서도 겁에 질려 손발을 떨고 있다는 것이 솔직한 토로이다. 또 우리더러 벽이나 마룻장 따위를 뚫어놓고 제멋대로 다닌다고 욕하는 것 구구하게 변명하고 싶지 않다. 다만 우리 쥐 종족도 다리가 네 개나 되는 살아 있는 생명체라는 것을 알아달라는 것이다. 그것도 캄캄하고 음습한 굴속을 형씨네처럼 먹고 살기 위해 왕래하는 것인데, 무슨 이유로 밝은 날 대로상을 떳떳하게 활보할 수 없는 것인지 우리도 몰라 답답하기만 하다. 우리는 기껏 뚫어봐야 당신네한테 비하면 새 발의 피도 안 되는, 형씨네가 말하는 소위 쥐구멍에 불과하다.

형씨네야 산을 뚫고 바다를 뚫고 땅 밑까지 뚫어내어 지구 내장 속까지 파먹으면서 동분서주하는 것을 보면 과연 만물의 영장답구나 싶다. 한마디로 우리 모두의 삶터인 자연을 병들게 하고 망가뜨린 것이 형씨네라는 사실 하나만으로도 비록 뻔뻔스런 쥐 족속일망정 비애를 느끼지 않을 수 없다. 이런 식으로 이야기를 하자면 끝이 없겠다.

그렇지만 이것만은 꼭 짚고 넘어가야 하겠다. 집안의 전선이나 가스 호스를 갉아 인명이나 재산 피해를 낸다고 분노하셨는데 그 점에 대해서는 아무리 얌통머리 없는 우리지만 머리 숙여 백배사죄하고 싶다. 그러나 분명히 밝혀 두고 싶은 것은 절대 악의를 품고 그런 짓을 한 것은 아니다. 원체 무엇이고 갉아 대기를 즐기는 입의 기능을 하고 있는 우리로는 잔뜩 훔쳐 먹어 배는 부르고 사지는 느른해 배를 바닥에 깔고 심심풀이로 주둥이를 놀린 것이 하필이면 가스 호스가 걸려들어 용서 못 받을 실수를 하게 됐는지 모르겠다.

그럼 형씨네 인간들은 어떤가. 땅위나 바다 속에 지뢰 같은 것을 놓질 않나, 하늘에서 폭탄을 쏟아 부어 한 도시를 불바다로 만들어 놓질 않나, 전쟁이라는 명분을 내세워 서로 살상하는 것이 얼마나 당연하고 떳떳하게 자행되는가. 그것도 이기적인 목적이나 악의를 가지고……

아무리 교활한 꾀를 짜내고 있는 우리 쥐 대가리라도 도저히 이해를 못하겠다. 형씨네 같은 인간들끼리 싸우는 것을 다반사로 하고 있을 뿐만 아니라 지상에서 서로 조화를 이루며 살아야 할 모든 생명체에 대한 횡포는 또 어떠한가? 물론 약육강식의 동물 세계의 생태를 모르는 바 아니다. 또 우리네 쥐 족속이나 형씨네 인간들이나 불완전하게 만들어진 피조물인 이상 실수가 있게마련, 그렇지만 과거를 깊이 참회하고 이제는 좀 자숙해 나가는 모습을 보여야 만물의 영장으로서 미물인 우리한테까지 존경을 받게 되지 않겠는가?

아무리 넉살좋은 쥐 주둥이에서 나온 소리일망정 인간이 된 한 사람으로 한 대 얻어맞은 기분이다. 섣불리 쥐 욕을 해댄 것이 결국은 되로 주고 말로 받은 격이 되고 말았다. 나처럼 사려 깊지 못하고 즉흥적인 사람은 늘 실수를 저질러 뒷감당을 못하고 당황하게 된다. 가만히 생각해 보니 좋은 점은 묻어둔 채 시종일관 모욕적인 언사만 퍼부어대서 쥐띠 꼬리표를 단 분들이 떼 지어 몰려와서 항의를 하면 어떻게 하나 은근히 뒤가 켕긴다. 우선 집의 마누라가 쥐띠이니 당하려면 집에서부터 당하게 되어 있다.

그렇지만 안심들 하시라. 예전에도 쥐를 높여 서생원이라고 불러주고, 아이들 동화책에도 앞치마를 두른 착한 색시 쥐나 열심히 먹이를 주워들이는 듬직한 신랑 쥐가 나오지 않던가? 더구나 요 근래 〈쥐〉라는 제목의 가곡이 탄생하여 FM을 통해 전국 각지로 울려 퍼지는 세상이고 보니 쥐한테 애정을 지니고 있는 분이나, 쥐띠나 서씨처럼 건건찝찔하게 무슨 연관이 돼 있는 사람들이라면 어깨를 펴고 대로상을 활보해도 좋겠고, 수시로 쥐 찬양론을 펼쳐봐도 괜찮으리라 믿는다. 우선 나부터 쥐한테 두 손 들고 아양을 떨어봐야겠다. 서생원들 만세!

운무로 에워싸인
법당 추녀 위
기와골에서는
빗버들치듯 물줄기가
좌락좌락
내려 꽂히는데…

비

               그러니까 한 사십 몇 년 전의 일인
것 같다. 당시 대학원 졸업 논문을 쓴다고 여름방학을 이용해서 마곡사 꼭대
기 한 암자에 방 한 칸을 얻어 한 달 내내 묵삭인 적이 있었다.

    암자는 몹시 까틀막진 척박한 산기슭에 패가처럼 외돌아 박혀 있는데 그
속에는 늙지도 젊지도 않은 비구니 스님 한 분이 꽤나 요란스런 목소리로 부
처님을 모시고 있었다.

    지금 생각해 봐도 그 스님의 모습은 이마와 깎은 앞머리가 유난히 반들대
는데 입이 메기입처럼 큰 것은 고사하고 입을 벌릴 적마다 번쩍대는 금니 두
쪽이 솔직히 그렇게 천박해 보일 수가 없었다. 그런데 혼자 있어도 늘 뭔가를
주워섬기는 편인데 한마디로 입이 만고벼락이었다. 게다가 성질은 마른 가랑

잎에 불이 붙은 것처럼 급해서 역정을 냈다 하면 법당이 날아갈 것 같았다. 그러나 상냥할 때는 얼마나 나긋나긋하고 인정스러운지 과연 불법을 지키고 사는 스님은 다르구나 하는 생각을 몇 번이고 되뇌게 했다. 하지만 시끄러운 것은 법당 안에서 염불을 한다든지 행사 때문이 아니라 사흘이 멀다 하고 호떡집 불난 것 이상으로 고래고래 소리를 질러댔다. 그동안 닦은 도력이 목청으로 터져 나오는 것처럼…….

그 암자에는 스님 말고 또 한 사람이 있었다. 머리를 깎은 아가씨었다. 스님은 걸핏하면 그 아가씨한테 대고 온갖 역정을 다 냈다.

"저년을! 그냥 저년을! 이년아! 뭘 잘했다고 아침부터 골부릴 하고 지랄이야? 아이구 이년아 당장 나가 뒈져라!"

아가씨한테 움켜쥘 머리채가 없어서 그렇지 머리만 있었으면 하나도 남아나지 않을 것 같았다. 등짝을 두들겨 패고 가사 앞섶을 움켜쥐고 마구 흔들어대도 이 아가씨는 장승처럼 그냥 서 있다. 스님만 자기 성질에 못 이겨 펄펄 뛰며 갖은 욕을 다 퍼부어대다 결국엔 우리를 붙들고 신세한탄을 해대는 것이었다.

암자에서 우리란 말하자면 하숙생들이었다. 나같이 논문 쓴다고, 또는 고시 준비하느라, 아니면 대학입시 때문에 와 있는 젊은이들이 댓 명 되었다. 스님이 입버릇처럼 부러워하는 소리는 '대처 중'들은 돈이 많이 들어와 절 살림 걱정할 까닭이 없는데 이 구석은 사월 초파일이라고 시주가 들어와봐야 기껏 쌀 됫박이나 하고 초 몇 자루가 고작이니 어디 중노릇 해먹고 살겠느냐고 푸념을 해댔다.

옆에서 보기에 그건 사실이었다. 시주로 농사지은 쌀이 좀 넉넉히 들어오면 무엇 때문에 묵은쌀을 장바닥에 나가 사서 자루에 이고 올라와 껄끄러운 밥을 해 먹이겠는가? 결국은 산속에서 하숙을 쳐서 절을 꾸려가는 형편이니 스님 말씀마따나 언젠가는 대처에 나가 절을 해먹고 살고 싶은 것이 뼛속까지 사무치는 소원인가 하면 지금 이 지겨운 절집 살림이 철천지한으로 원망의 표적이 되고 있는 것만은 숨길 수 없었다.

적어도 한 달 지간을 꼬박 옆에서 지켜본 스님의 성향은 매우 독특했다. 언

제나 배코를 살이 에일 정도로 치고 역시 살이 베어질 만큼 앙크랗게 풀해 다
린 가사를 날아갈 듯이 해 입고 외출을 할 때는 절집 안에서의 그 막나가던
모습과는 달리 참으로 청정하고 맵시 있는 외양을 갖추었다.

　가만히 보아 하니 스님은 이렇게 떨쳐입고 나다니는 체질이었다. 법당 안
에서 새벽마다 예불을 한다든지, 두 팔을 걷어붙이고 일을 하는 것과는 거리
가 멀었다. 하숙을 치면 암자 주변의 채마전을 알뜰히 가꿔 거기서 나는 것으
로 밥반찬을 만들어 내와도 좋으련만 꽃씨 하나를 제대로 뿌려 가꾸는 성미
가 아니었다.

　오죽하면 폐가 같다는 소리가 나 나올까? 법당에 금빛 부처님이 앉아 계

시고 고색창연한 석탑이 뜰 밑 마당 한가운데 의연하게 서 있는 이상 목탁소리와 염불소리가 울려 퍼지고 때로 부처님 말씀을 들을 수도 있겠건만 하루가 멀다 하고 그 삭발한 아가씨를 야단치는 일 말고 세속 사람들 돈 잘 벌고 잘 먹고 잘 사는 것이 그렇게 부러울 수가 없고, 거기 추임새처럼 끼어드는 소리는 허무맹랑한 무당소리 같은 것이었다. 말하자면 그 고장 일대의 놀랍고도 불가사의한 기적이 일어난 예를 줄줄이 염주 꿰듯 늘어놓는 것이었다.

아무튼 당신 자신의 내력만 하더라도 더할 수 없이 기막힌 것이었다. 스님은 그것을 기고만장한 목청으로 읊어대곤 했다. 자신이 그 고장 K장터에서 '천안 미친년' 어디 미친년 하는 식으로 명물로 통하는 미친년이었다는 것이다. 거기엔 또 유명한 미친놈이 있는데 둘이 짝을 지어 살면서 갖은 말거리를 만들어 냈는데, 그 덕분에 장날이면 장터가 왁자지껄하게 구경거리가 됐다는 것이다.

이런 사람이 어떤 연유로 스님이 되었고 지금의 암자에서 암주 노릇을 하며 살게 되었는지 거기까지는 나는 모른다. 다만 인생 역정이 말 못할 우여곡절 끝에 지상의 도를 깨치려고 사문에 들어왔건만 온갖 오물이 뒤범벅된 시궁창에 뿌리를 박고 살다가 그 밑바닥을 비집고 올라와 한 송이 고고한 맑고 아름다운 연꽃을 피운다는 것은 과연 이룰 수 있는 것일까? 하는 의문이 일 뿐이었다. 그 스님에겐 지난날의 오욕을 가리기 힘들었음인지 그 습이 수시로 튀어나오는 것이었다. 안타까운 것은 세속에 대한 미련을 칼로 자르듯 끊어내질 못하고 몸부림치는 모습이었다.

한번은 난데없이 장대비가 마구 쏟아지는 날이었다. 봄비는 잠 비고 가을

비는 떡 비라는데 한여름에 장맛비는 무엇인지 나처럼 비를 좋아하는 위인도 그날따라 심란한 기분을 누를 수 없었다. 운무로 에워싸인 법당 추녀 위 기와 골에서는 발버둥치듯 물줄기가 좌락좌락 내리 꽂히는데 마치 무슨 심통을 부리고 있는 것 같았다.

무슨 사연인지 추녀가 들썩일 만큼 야멸찬 악담 소리가 쩌렁쩌렁 울려댔다. 뜰 밑 추녀 끝에는 문제의 아가씨가 눈을 반쯤 감은 채 웅크리고 서 있었다. 그녀는 어느 개가 짖느냐는 식으로 꼼짝 않고 있었다. 표정은 담담했다. 목석 같았다. 암자 안 사람들이 아무리 타일러도 그 고집은 어쩔 수 없었다. 비는 야속하게도 그치질 않는다.

우리가 그녀의 손목을 억지로 잡아끌어 의지간에 데려다 놓아도 그 자리에 다시 가 서 있는 것이었다. 스님은 당장 내 앞에서 없어지라고 악을 쓴다. "네 년이 아니면 밥 못 해 먹을까 봐 배짱이냐고" 종주먹질을 해도 꼼짝을 않는다. 도가 튼 것이 바로 저런 것인가, 어떻든 한 단계 뛰어넘은 것만은 분명한 것 같았다.

평소의 아가씨 모습은 밉지 않았다. 우윳빛의 뽀얀 얼굴에 복스러운 인상이었다. 마음만 내키면 말없이 일을 잘했다. 머리가 비상해서 경이며 염불을 다 외고 목청이 좋아 염불소리가 낭랑했다. 스님은 웬 떡이냐 싶게 제 발로 굴러 들어온 계집아이를 잡아두고 정성을 들였던 모양이다. 하숙치는데 귀찮은 일 부려먹고, 장차 상좌로 키워서 의지하고 살 욕심이었다. 그동안 몇 년을 지지고 볶고 하면서도 큰 탈 없이 한 식구로 살아왔던 것만은 사실이다. 그러던 것이 자꾸 뒤틀리기 시작을 했고 우리가 있던 그때가 최악의 상태로 걷잡을

수 없는 시점에 와 있었던 것 같다.

아가씨는 그 말 못할 모욕적인 패악에도 불구하고 참선 삼매에 든 스님처럼 담담했다. 과연 삼매에 들어 있는 것일까? 아침부터 저녁까지 지독하게도 미동도 않고 서 있었다.

저 돌탑처럼 서 있는 내부는 어떤 것일까? 속이 있는 대로 고뇌로 뒤틀리다가 굳어 뻐드러진 것은 아닐까? 세상사 모두가 더럽고 구역질나고 눈꼴시고 울화가 터져 그대로 차라리 인생을 마감하자는 것은 아닌지……. 집구석이 그렇고, 학교, 동네, 심지어 예배당까지 그렇고, 어디를 둘러봐도 냉혹하고 절망적이어서 찾아 나선 것이 이 산중의 암자였건만, 이곳 또한 한술 더 뜨는 화탕지옥일 줄 미처 몰랐으리라.

비는 그쳤으나 땅거미가 지기 시작했다. 비바람이 몰아치는 바닷가 언덕 위의 망부석이 저런 것일까? 스님은 저녁이나 처먹고 서 있으라고 윽박질렀지만 여전히 요지부동이었다. 스님은 몸을 내동댕이치듯 덤벼들어 소리를 질러댔다.

"배은망덕한 년! 다 뒈져가는 것을 거둬들여 살려냈더니만 그 은공이 겨우 이거냐? 아이구 당장 나가 뒈져! 이젠 소름이 끼친다!"

그러자 어느 순간 아가씨의 눈이 무섭게 치켜떠졌다.

"내 머리 내놔! 내 머리!"

그녀는 눈에다 불을 켰다. 알고 보니 스님은 들어오던 날로 안 깎겠다는 머리를 강제로 잘라냈고, 그 후 그녀의 머리카락을 시퍼런 배코 칼날로 밀어냈던 것이다.

다음 날 일어나 보니 아가씨는 어디론가 사라지고 말았다. 그 다음 날도 비는 추적추적 내리는데……. 암자 안은 텅 빈 것처럼 조용했고, 스님 또한 모습이 보이지 않았다.

어느 순간 스님이 허위허위 암자로 올라왔다.

"그년이 도랑에 처박혀 뒈졌어."

스님은 실성한 사람처럼 울다가 웃다가 하면서 땅바닥에 주저앉았다. "괘씸한 년! 나쁜 년! 아이구 불쌍한 것!" 물에 빠진 생쥐처럼 추레해진 스님은 섧게 섧게 통곡을 하는 것이었다.

하늘은 무심한지, 무슨 뜻이 있음인지 내리는 빗줄기는 중생의 죄를 나무라듯 스님의 골진 뒤통수며 앙상한 어깨를 사정없이 후려치고 있었다.

누구한테
기분 언짢은 소리를
들었다고 해서
펄펄 뛸 게 아니라
허허 웃어넘길 수 있는
아량이 아쉽기만
한 것이다.

노인정 가지 말고 교회 가시오

두 팔 성한 사람이면 거의가 부리고 다니는 것 같은 차 한 대를 몰지 못해 당하고 본 일이니 어디 하소연 한들 무슨 소용이 있겠는가 싶다. 별로 나돌아 다니는 성미가 아니면서도 때때로 어쩔 수 없이 전철 신세를 지고 사는 세상, 그것 또한 사는 재미를 톡톡히 느끼게 할 때도 있으니 세상엔 공것은 없다는 생각이 든다.

사실 세상엔 공것이라는 것이 없다. 한 가지 좋으면 한 가지 나쁘고, 무엇이고 누린 만큼 값을 치러야 되게끔 돌아가고 있으니 누구한테 기분 언짢은 소리를 들었다고 해서 펄펄 뛸 게 아니라 허허 웃어넘길 수 있는 아량이 아쉽기만 한 것이다.

어제는 몇 년, 몇 십년에 한 번 있을까 말까 하게, 아니 평생 오직 한 번밖

에 없을 것 같은 그야말로 호박이 넝쿨째 굴러 떨어진 날이었다. 일진이라는 것을 믿지 않는 나 같은 사람도 아침부터 기분 좋은 일들만 일렬로 줄을 서서 기다리듯 차례차례 찾아드는데, 반 무당이라도 된 것 같았다. 정말 희한한 날도 다 있다고. 입이 벌어져 오후에는 세계적인 프리마돈나 홍혜경이라는 소프라노 노래를 듣기 위해 하던 일 팽개쳐 놓고 헐레벌떡 서울 한복판으로 비집고 기어 올라갔다. 과연 그 명성에 걸맞게 그녀는 허당탕한 야외무대에서 수만 청중을 압도하는, 아니 압도한다기보다는 차라리 우리 모두를 천상으로 끌어 올리는 것 같은 위력을 발휘했다. 아무튼 나는 꿈속 같은 희열 속에 빠져들었고 그 여운은 다음 날까지도 가슴 가득 차올라서 세상 사는 맛이 바로 이런 거야 이런 거야, 하고 뇌까려 보기도 했다.

다음 날 아침 나는 시골로 돌아오는 길을 서두르고 있었다.

강변 시외버스터미널을 이어주는 전철 안은 비교적 한산했다. 나는 너무나 푸근한 마음으로 자리를 차지하고 앉아 꿈과 현실 사이를 한가히 오락가락해가며 관광여행이나 떠나는 것처럼 즐기고 있었다. 오전 열 시 전후의 차안은 더없이 여유롭고 평화스러웠다. 듬성듬성 서 있는 사람들과 앉아 있는 사람들이 순한 양떼들이 화사한 초원 안에 오순도순 모여 있는 것처럼 아늑한 분위기를 이루고 있었다.

그런데 순간 어디선지 이상한 음성이 들리는 것 같았다. 나는 잘못 들었나 싶어 그쪽으로 목을 잡아빼니 아니나 다를까 우렁찬 목소리가 쩌렁쩌렁 가까워 오고 있었다. 뜨겁기로 말하자면 목구멍을 델 것 같은 열띤 외침인데 지금

내 머리를 때리는 낱말들은 지옥, 천국, 예수, 하나님, 악마, 청와대, 감옥, 죄인, 영원, 형벌 같은 것들이었다.

드디어 그 열변의 장본인이 내 앞으로 한 발짝 한 발짝 다가오고 있었다. 그의 옷차림은 아래 윗도리가 하얀 양복에 흰 중절모로 세트를 이루었다. 얼굴은 오십대 중반쯤 돼 보이는 혈색 좋은 번듯한 이목구비를 하고 있는데 쏟아져 나오는 낱말에 따라 험악하게도, 온화하게도 표변했다. 그러나 눈은 열기에 차 있고 창백한 형광 불빛 아래서도 뜨겁게 번쩍거렸다. 더구나 양 가슴 앞자락에는 빨간 천을 오려 너무나 선명하게, 그리고 크게 가슴을 상하로 이등분해서 '예수를 믿으라'는 글자가 '주홍글씨'처럼 박혀 있었다. 나는 그의 차림새나 목청이나 거동이 솔직히 혐오스러워 속으로 욕을 퍼붓고 있었다. '그따위로 하고 다니며 소리를 지르는 꼴을 보고 예수 믿을 사람이 어디 있냐? 믿으려던 사람도 도망쳐 버리겠다' 하면서 냉소하는 것이 어느새 내 버릇이 돼버렸던 것이다. 그는 나에게 다짜고짜 한마디를 던졌다.

"영감 노인정 가지 말고 교회를 가시오!"

아니 나라는 존재가 얼마나 우습게 보였기에 허구한 사람 다 놔두고 내 앞에 다가서서는, 그것도 주먹 쥔 한 팔을 불쑥 내밀고는 너 말 안 들으면 죽어! 하는 식으로 희번드르한 눈으로 내려본단 말인가. 나는 멀쩡히 앉았다가 날벼락을 맞은 것처럼 멍한 눈길로 이미 지나쳐버린 그 위세등등한 등판을 바라다보았다. '할렐루야!' 역시 엄청나게 큰 주홍색 문자가 뭘 쳐다 봐 이놈아, 하는 것처럼 내 눈을 가득 밀고 들어왔다. 별 거지 같은 놈 다 보겠네. 아무리 병든 늙은 노새처럼 앉아 있어도 무슨 만만한 싹을 봤기에 다짜고짜로 호령

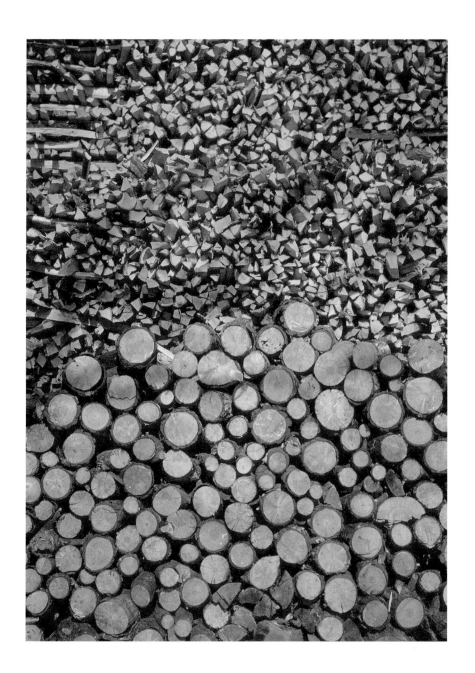

을 해댔는지 입맛이 싹 달아났다.

이렇게 머리는 허옇고 비쩍 말랐어도 아직 노인정이라는 데를 달나라만큼이나 먼면, 나하고는 상관없는 곳으로, 생각해 본 적도 없는 사람한테 이게 무슨 잠꼬대 같은 소리인가? 이래봬도 이 마음만은 엊저녁 음악회에서 혈기 왕성한 소년처럼 흥분해서 손바닥이 얼얼하도록 두들겨댔고 얼마나 열광적인 환호와 함성을 질러댔는지 목이 칼칼했는데……. 그뿐인가 하룻밤이 지난 지금까지도 들뜬 기분에 사로잡혀 마냥 즐겁기만 한데, 또 한편으로는 구멍난 일을 벌충해야겠다고 바삐 움직이고 있는 판에……. 콩도 심어야 하고 감자밭도 매야지, 연적도 몇 개 더 만들어야 하겠다고 잔뜩 벼르며 달려가고 있는 사실을 모르고…….

하긴 세끼 밥이나 때려죽이고 빈둥거리는 쓸모없는 늙은이로 봤는지도 모르고, 아니 그보다도 그동안 지은 죄도 많고 주제 파악 못하고 큰소리치며 웃기게 노는 내 실상을 꿰뚫어 보고 너 같은 인간은 교회 가서 훌륭하신 목사님 말씀 듣고 눈물을 쏟든지 가슴을 쳐가며 참회의 기도를 드려도 구원을 받을까 말까 한 죄인인데 기도는커녕 교회 문턱에도 가지 않고 맨날 두더지처럼 흙만 가지고 뒹구니 그런 소리 들어 마땅하다고 여겨지기도 했다.

그건 그렇다 치고 노인정이라는 데가 다 산 송장감들이 입은 살아 하나님, 예수님 욕해대며 허송세월하는 천하에 못 갈 마귀소굴 같은 데란 말인가? 아니면 대낮부터 코나 드르렁거리며 쓰러져 있다가 음담패설이나 주고받으며 퀴퀴한 늙은이 냄새나 풍기는 곳이란 말인가? 차라리 온갖 귀신이 득시글거릴 것 같은 무당집이나 바위나 나무를 찾아가서 엎드려 빌지 말라

했다면 모를까······.

　나는 도대체 이런 사람들이 하나님 전도를 할 목적으로 하는 짓인지 훼방을 놓느라 그러는지 판단이 안 되었다. 자기는 하늘에서 뚝 떨어진 사자인 것처럼 모든 사람들을 무지몽매한 죄인으로 규정해 놓고 대포를 쏴대듯 협박조로 목에 힘줄을 세우는 부류가 있는가 하면 부드러운 미소와 상냥한 말씨로 진드기처럼 달라붙어 놔주지 않는 사람도 있다.

　한번은 좀 늦은 저녁 전철을 타게 되었는데 한 여자가 아무개 목사님 부흥회 전단을 죽 돌려나가고 있었다. 내 옆에는 얌전하게 생긴 젊은 여자가 앉아 있었는데 그 여자가 지나간 후 말을 걸어왔다. 여인은 내 앞자락에 떨어진 전단을 집어 들고 "이거 다 사이비예요. 조심하셔야 돼요" 하면서 친근한 표정을 지었다.

　"그런데 선생님께서는 교회를 나가시나요? 교회도 잘 선택해서 나가셔야 하는데 이름 있는 큰 교회가 믿을 수 있습니다. 교회 나가세요? 안 나가세요?"

　이제는 숙제 안 해온 학생 다그치듯 강한 어조가 되어 나의 대꾸를 강요하고 있는 것이었다. 나는 반사적으로 고개를 좌우로 흔들었다.

　"교회 나가세요! 구원 받으셔야지요! 지옥이 얼마나 무서운 덴 줄 아시고 그냥 계십니까? 하나님 앞에 그동안 지은 죄 회계하고 천국 문 찾아들어 가셔야 하지 않겠어요?"

　나는 불편한 마음으로 입을 다물고 있을 수밖에 없었다. 이러고 보면 내가 남들한테 어떻게 비치기에 툭하면 그런 일을 당하나 싶어 은근히 부아가 나지만 문제는 나에게도 있는 것 같아 쓴 웃음을 삼키게 되는 것이다.

그러나 실망할 일만 있는 것이 아니다. 내가 살고 있는 이웃에는 팔십이 넘은 할아버지 한 분이 살고 계신다. 그분은 독실한 기독교 신자로, 전에는 전도사로 전방 근처의 어느 폐허가 된 교회를 맡아 일을 보셨다는데 당신 입으로 다른 사람에게 한 번도 교회 나오라고 말해 본 적이 없다는 것이었다. 다만 모 심을 때면 팔을 걷어붙이고 모 심어 주고, 동네 어려운 일 있을 때마다 집안 일처럼 발 벗고 나섰다는 것이다. 결국 교회는 1년도 되기 전에 가득 넘쳐났다. 그는 하나님의 진리가 소리 나는 꽹과리 속에 있는 것이 아니라 사랑이 넘치는 헌신적인 행동 안에 있다는 것을 몸소 보여 준 것이었다. 오늘도 그 분은 말없이 지저분한 골목길을 쓸고 계신다.

불살생

서로간의
굶 협과 조화는
자연법칙의
절대적인 조건이다.

올봄은 무슨 까닭인지 송충이도 자벌레도 아닌 괴상망측한 벌레가 나타나 기승을 부리고 있다. 신록의 오월이면 새로 핀 잎이 이들이들 기름기가 흐르고 온 산이 생명력으로 넘실거리건만 내가 사는 울안 나무들이나 뒷산 골짜기가 까칠하게 돼버렸다. 나는 눈만 뜨면 꽃가위를 가지고 눈에 띄는 놈들을 잡는다.

솔직히 고백하거니와 인정사정없이 벌레 목이나 허리를 토막내는 것이다. 마치 불구대천지 원수를 능지처참하듯 처치해 나가다 보면 알싸하던 마음이 어느새 후련해지는 것이었다. 아무리 얌통머리 없는 벌레일망정 하필이면 이제 막 몽우리지는 꽃봉의 속살을 뚫고 들어가 파먹고 있는가 하면 남 애지중지하는 귀한 묘목 새싹을 송두리째 갉아먹고 있으니 이쪽 역시 독기가 오를

수밖에 없다. 극형이 어떤 것인지 안다면 그렇게 하고 싶을 지경이다. 그러나 아무리 토막을 내고 구둣발로 문질러 없앤다 하더라도 이미 망쳐진 묘목이나 꽃나무를 볼 때는 후련하던 마음은 그때뿐, 안타까운 기분은 어디다 대고 풀 데가 없다.

한번은 내가 깊이 신뢰하는 C장교와 함께 산골에 올라갔다. 아니나 다를까 어제 다 잡아냈건만 어디서 왔는지 이파리를 여전히 갉아먹고 있다. 나는 다시 살기등등해서 어느 놈을 먼저 잡아 죽여야 할지 몰라했다. 혈기왕성한 C장교는 뒷짐을 지고 서있다.

"천재지변이 일어나려나 봐. 웬 놈의 날씨가 이렇게 더워? 삼복지경처럼……."

나는 구시렁거리며 그 벌레를 손으로 잡고 발로 문지른다. 독실한 불교신자로서 때로는 반 무당 같은 소리를 곧잘 하는 C장교의 관망하는 태도가 은근히 불만스러웠다.

"대들어 잡아! 벌레 죽인다고 지옥에 떨어질까 무서워 가만 있는 건가?"

그는 빙긋이 웃으며 한걸음 다가서선 미처 눈에 띄지 않는 놈들을 일러 주었다. 말하자면 밀고를 하는 것이었다. 그러면서 결코 벌레를 손에 대지 않았다.

"이제는 공범이야. 손발 노릇하는 것보다 사주하는 것이 더 나쁘다는 사실을 알아야지."

우리는 한바탕 웃었다. 그러나 어물쩍 웃어넘길 일이 아니었다. 나 때문에 그가 불살생의 엄중한 계율을 범하는 것이니 심각한 문제가 아닐 수 없다. 결과적으로 궁지에 몰아넣는 사건이 되고 말았으니 나야말로 지옥에 빠져도 제일 못된 데로 떨어지는 것이 아닐까?

나는 어느 면에서 살생을 집요하게 해대며 산다. 방안에 파리 몇 마리 날아다니며 신경을 건드리는 것쯤 참고 지내도 좋으련만 기어코 잡지 않고는 못 배기는 성질이다. 미처 파리채를 움켜잡지 못하고 두 손바닥에 온 신경을 집중해서 쫓아다니는 내 모습은 마치 모기 앞에서 환도를 빼들고 덤벼드는 얼간이하고 무엇이 다르랴? 아무튼 독기를 품고 사생결단으로 일격을 가하지만 실패를 거듭하며 오히려 희롱을 당하는 것은 내 쪽이다. 마침내 때려잡고 보면 그때서야 쾌재를 부른다. 손바닥에는 만신창이가 된 파리가 한점 시체로 박혀 있고 다음 순간 살생당한 생명체에 대한 미안함 같은 것이 스치고 지나간다.

옛 스님들은 길을 나설 때 발에 밟히는 미물을 다치지 않게 하려고 성긴 짚신을 신었다는데 어찌 사람의 마음이 그렇게 다를 수 있을까?

그러나 나보고 항변을 하라면 얼마든지 이유를 댈 수 있겠다. 우선 파리만 해도 얼마나 귀찮은 존재인가? 비록 지옥에 떨어지는 한이 있더라도 밤낮없이 파리하고 한데 붙어서는 살 수가 없다. 나뭇잎을 뜯어 먹는 벌레만 하더라도 하도 횡포가 심하고 보니 죽이지 않고는 못 배기는 것이다.

엄밀히 말하지 않더라도 식물도 목숨을 유지하고 번영하고 싶은 생명체이다. 다만 움직이지 않고 저항하지 않는다고 해서 저희 멋대로 짓밟고 생명까지 앗아간대서야 말이 되겠는가? 아무리 세상이 약육강식의 생존 법칙에 따라 돌아가게 돼 있다 하더라도 최소한의 균형 유지가 깨질 때는 모두가 파멸

될 수밖에 없는 것이다. 적어도 이성과 양식을 지닌 인간이라면 약자를 돕고 강자를 억제해서 균형과 조화를 이루도록 해야 한다.

나는 이 순간 옛 어른들이 배추밭에서 벌레 잡던 모습을 떠올리게 된다. 배 춧잎이 거름발을 받아 하루가 다르게 윤기가 돌 무렵이 되면 벌레가 생겼다. 그들은 대개 깡통 같은 그릇을 옆에 놓고 거기다 잡아넣었다. 살찐 배춧잎을 삐금삐끔 뚫어 놓았지만 결코 치명적인 것은 아니었다. 어찌 보면 숨어서 조심스레 맛을 본다는 것이 구멍이 뚫려 주인의 비위를 거스르게 된 것일 게다. 그래도 녀석들은 애교를 부리듯 몸을 꼬불탕꼬불탕 하면서 순순히 그릇 속으로 들어갔다.

그런데 요즘 그 정체불명의 벌레는 어떻게나 약아빠졌는지 여간 잽싸게 기습을 가하지 않고는 헛손질만 하고 만다. 이놈의 벌레들은 생김새부터가 징그럽다. 게다가 떼지어 가리는 것 없이 요절을 내는 것을 보면 기가 막힌다. 거기에 비하면 배추벌레는 잡아내면서도 연민의 정 같은 것을 느끼면서 곱게 다루게 된다. 그러기에 옛 어른들은 그릇에 잡아 담은 벌레를 죽이지 않고 멀리 외딴 곳에 쏟아 놓는 것이었다.

이상하게 벌레 하면 징그럽고 못된 것으로만 여겨지고, 곤충이라고 하면 학문적으로 귀엽고 이로운 것으로 느껴지는 것이 나만의 편견일까? 반딧불, 여치, 잠자리, 나비, 달팽이…… 등등 해서 귀엽고 예쁜 곤충들이 떠오르고 송충이, 노래기, 빈대, 모기, 거머리 같은 벌레는 혐오스러운 것이다. 사실은

다같이 벌레이건만 그 모양새나 하는 짓으로 보아 판가름이 난다.

그런데 근래에 와서 소위 귀화동물, 귀화식물이라는 낯선 것들이 뿌리를 박고 판을 치고 있는 세상이 되고 말았으니 이걸 어디다 대고 하소연을 해야 할지 모르겠다. 하기야 우리 문화라는 것은 진작 그 밀려드는 외세에 눌리어 이런 동식물보다 훨씬 심각한 현실이지만……. 우리 재래의 토종식물이나 동물은 눈에 익어 그런지는 몰라도 아무리 못된 거라도 외래종에 비하면 그래도 참아낼 만하다. 아마도 이 낯선 벌레라는 것들도 어떻게 여기까지 이주하게 됐을 텐데 꼭 잔인무도한 침략군처럼 횡포가 심하다. 이런 놈들은 대량살상을 일삼는 살충제로 대응해야 할 테지만 이것 또한 문제가 간단치 않은 것이다.

나는 가능한 한, 아니 절대로 이런 살충제나 제초제 따위를 사용하고 싶지 않다. 이런 독극물은 옥석을 가리지 않고 무차별 살상을 할 수밖에 없게 돼있다. 어떻게 보면 죽이려는 결과가 해충보다는 이로운 생명을 더 많이 희생시키는 결과가 되어 빈대 잡으려다 초가삼간 태워버리는 우를 범하는 것이나 다름없기 때문이다.

이런 무분별한 행위는 인간사회에서도 얼마나 많이 자행되었던가? 한국전쟁 때를 돌아보면 한두 사람을 처치하기 위해 얼마나 많은 무고한 사람들이 처형당했으며 심지어 아기 예수를 없애기 위해 그 많은 아기들이 생명을 빼앗기지 않았던가?

요즘 세상은 문명이 발달되었다고, 손발 움직이지 않고 편히 사는 것이 최선의 생활방식이라는 풍조가 만연돼 너나없이 자연에 역행하고 있는 것이다.

농산물 생산만 하더라도 자연의 순리에 따르지 않고 인위적인 방법으로 잘못 나가고 있다. 유전자 조작, 비닐하우스, 화학비료, 농약, 제초제 등 대량생산과 편의주의로 인해 자연이 파괴되고 많은 생명체가 멸종위기에 놓이게 된 것이다. 현대 농업의 필수품이 돼버린 농약, 제초제만 하더라도 대량살상의 주범이지 않은가? 싱그러운 생명력으로 넘쳐나야 할 오월의 들판이 이런 독극물의 세례를 받고 처참한 몰골로 죽어 있는 것을 보면 과연 인간의 발명품이 이런 것인가 싶어 비애를 느끼지 않을 수 없다.

불살생! 우리는 잡초나 미생물까지도 필요없이 죽여서는 안 된다. 우리가 목숨을 유지하고 사는 지구상에 이런 생명체가 멸종되었다고 가정할 때 과연 인간 종족만은 호의호식하고 잘살 수 있을까? 그러기에 슈바이처 같은 과학자도 목적 없이 잡초 한 포기라도 죽여서는 안 된다고 주장했을 것이다. 지구상의 모든 생명체들이 하나같이 종족 보존을 위해 최선의 삶을 영위할 권리가 있다면 아무리 약육강식의 고리에 묶여 있다 하더라도 그것은 모두가 살아남기 위한 어쩔 수 없는 생존 수단이 아닐까? 서로간의 균형과 조화는 자연법칙의 절대적인 조건이다. 살충제가 아닌 꽃가위로 해충을 동강냈다는 사실이 자연의 균형을 위해 불가피하게 살생을 했다고 변명을 한다면 너무 뻔뻔스런 수작은 아닐는지 은근히 겁이 난다.

도솔암

세상 전부를
질리시킬 수 있게
되었으면 하는
염원을 품고
하산을 하는
발걸음은 더 없이
가벼웠다.

나는 이따금 인적미답의 깊은 산중
에 들어가 짐승처럼 살아도 괜찮겠다는 생각을 할 때가 있다. 남들은 다 살기
좋은 세상이 됐다고 그 희번드르한 현대 문명에 신나게 적응하고, 그 혜택을
십분 누리고 있는 것 같건만 유독 나만이 한 쌈에 못 끼고 있는 것 같아 우울
해질 때가 있다. 한마디로 한 백년 전 벽촌 외딴집에 태어나 땅이나 파고 살았
으면 꼭 알맞겠다는 생각을 하면서 세상을 원망하기도 한다. 생각해보면 과
연 세상이 잘못돼 돌아가고 있는지, 아니면 나한테 뭔가 문제가 있는지 판단
이 안 선다. 그래도 밥 먹고, 잘 자고, 멀쩡한 척 여전히 살아가고 있으니 다행
스럽다 할밖에 없을 것 같다.

몇 주 전 뜻밖에 지리산 높직이 자리잡고 있는 어느 암자를 찾아가 하룻밤

묵고 온 일이 있다. 그곳에 현대 문명의 축복(?)을 고스란히 물리친 채 스님 한 분이 살고 있었다. 무한히 펼쳐진 하늘과 웅장하게 둘러쳐진 지리산의 연 봉들이 눈앞을 가득 메우고 있었다. 밤이 되니 머리 위 하늘의 별들이 금방이 라도 와르르 쏟아져 내릴 것만 같았다. 그 하늘은 옛날 고향 마당에서 올려다 보던 바로 그것이었다. 참으로 신선하고 신비로운 자연의 모습에 압도되어 세상사가 한낱 티끌만도 못하다는 것을 새삼스레 깨닫게 되었다.

　지리산의 위용이라니……. 아무리 손바닥만한 나라라고 얕잡아 봐도 내가 그때 느낀 지리산만큼은 우주가 무엇임을 일깨워 주고 있었다. 하늘과 별과 산 덩어리들이 일체가 되어 태고의 자연을 펼쳐 보이고 있는 그 순간 과연 인간 존재의 의미가 뭘까 하는 엉뚱한 생각을 하게 되었다. 은하수가 흐르듯 유장하게 이어지는 천왕봉의 능선이 아득히 저 세상처럼 아련하게 시야를 넓혀 줄 때 정신마저도 저 무한대의 창공을 날아오르는 느낌이었다. 이토록 어마어마하고 위력에 넘친 공간 속의 지극히 작은 한 점 암자 터일망정 우리 같은 까막눈에도 범상치 않은 정기를 품고 있는 것 같았다.

　암자는 양철지붕 밑의 방 두 칸이었다. 물론 키 큰 사람이라면 머리와 발끝이 양쪽 벽에 닿을 정도로 작은 방이었다. 우리 일행 네 사람은 스님이 끓여 들고 들어온 된장냄비를 가운데 놓고 정신없이 밥 한 그릇씩을 게 눈 감추듯 먹어 치웠다.

　촛불은 맑고 고운 불사위로 마시려는 찻잔 위를 감돌고 숨소리조차 죽일 고요의 순간들이 이어가고 있었다. 장지를 사이에 둔 아랫방 높지도 낮지도 않은 단 위에는 단아한 금빛 관세음보살상이 방안 가득 자비의 미소를 채워 놓아 더없이 아늑한 영혼의 안식을, 때 묻지 않은 포근한 위안을 가슴 뿌듯이 느낄 수 있게 해주었다.

　여전히 불상 둘레를, 티 없이 깨끗한 장판 위를 은은한 향기와 더불어 깊어가는 정적이 고요히 흐르고 있었다. 순간 조지훈의 '승무' 한 구절이 떠올랐다.

얇은 사紗 하이얀 고깔은

고이 접어서 나빌레라.

파르라니 깎은 머리

박사薄紗 고깔에 감추오고

두 볼에 흐르는 빛이

정작으로 고와서 서러워라.

빈 대臺에 황촉黃燭불이 말없이 녹는 밤에

오동梧桐잎 잎새마다 달이 지는데

…….

　그러나 우리 앞에는 곱고 어린 여승이 아니라 머슴꾼 같은 우직한 스님이 바위처럼 앉아 있는 것이었다. 도를 이루기 위해 이 깊고 높은 산중에 홀로 생활하는 것이었다. 여하튼 이 순간에 촛불을 밝힌 법당이 아니라도 맨 마당에 나와 달빛을 조명삼아 승무의 한 장면이 펼쳐진다면 이런 행운이 어디 있을까 싶었다.

　암자 안이나 주위는 정갈했다. 뚝 떨어진 뒷간은 너무 깨끗해서 스님의 청정한 일상을 느낄 수 있었다. 스님이 자연과 완전히 일치하는 생활을 하고 있는 것 같아 얼마나 흐뭇했는지 모른다. 비록 도솔암이 그 어마어마한 지리산의 한 점 티끌 만한 암자에 불과하겠지만 여기서 비롯되는 맑고 시원한 샘 줄기가 전체 지리산을 맑힐 뿐 아니라 그 정신은 물줄기보다 더 크게 세상 전부를 정화시킬 수 있게 되었으면 하는 염원을 품고 하산을 하는 발걸음은 더 없이 가벼웠다.

4
—
지난 일기들을 찾아서

콩밭 매기

죽기를 각오한 듯, 기를 쓰고 콩밭을 맸다. 땡볕에 먼지를 마셔가며 오른팔의 힘이 빠지고, 지쳐 녹초가 되는 듯한 느낌이 들 만큼 부리나케 밭을 맸다. 그러나 재미있고 신이 났다.

이 콩은 넝쿨 콩으로 여러 해 전에 춘천 쪽 고동산에 가는 도중 어느 집 울타리에 하나 매달려 있는 것을 따서(늦가을이라 다 따가고 어쩌다 하나 눈에 띈 놈) 그날 점심밥을 하는 데 넣고 먹어보니 밤보다도 더 맛있게 느껴졌다. 정신을 쓰고 있다가 내려오는 길에 울타리 사이를 샅샅이 뒤져 마른 것 두어 꼬투리를 발견한 것이다. 그것을 다음 해 봄에 씨로 쓰기 위함이었다.

다행히 콩이 많이 열려서 씨를 넉넉히 확보해 오던 중 올해는 작년에 고구마, 밤콩, 옥수수, 녹두 심어서 밭 매느라 하도 고생을 해서(부끄럽게도 녹두

밭은 풀을 뜯다 못해 포기하고 말았더니 이웃집에서 쇠풀로 죄 베어갔지만)
다 집어치우려다 고구마 캔 골에만 이 콩을 심었던 것인데 싹이 제대로 나지
않고 너무 드물게 심어 엉성하다. 그런데 시간이 없어 미뤄오다가 큰 결심하
고 이 잡듯 매나가는데 목이 타고 팔이 아프고 마음은 급해서 무리를 하게 되
었다. 저녁에 대충 몸을 씻고 누우니 팔다리 온몸이 그냥 욱신거리고 아파서
가만히 있을 수 없게 괴로웠다. 누웠다 엎드렸다 해가며 늦게야 잠이 들었다.

　농사란 역시 알뜰히만 키우면 재미있는 것, 흙을 벗 삼아 애정을 쏟아 놓을 때 놀
라운 수확을 얻게 됨은 누구나 잘 아는 사실이다. 수확은 결과로 나타나지만 그 과
정이 얼마나 좋은가? 우리의 영혼을 살찌우는 큰 힘이 되어줌을 분명히 깨닫게 된
다. 풀 매주고, 거름 주고, 다독거려 주는 생활이란 결코 메마르지 않고 윤택한 것이
라고 믿고 있다. 장차 시간을 특별히 만들어서 이쪽에 한층 더 힘을 쓸 작정이다.

1981년 5월 27일 水

가마잔치

우리 보원寶元 여섯 돌잔치는 성대하게 성공적으로 치러졌다. 천 명 이상의 손님을 대접할 음식 준비가 대체로 순조롭게 이루어졌고, 오월의 그 싱그러운 날씨가 쾌청해서 더욱 다행스러웠다. 그리고 법정스님 일행, 일창 선생님 일행, 이성자, 조용만, 여초 선생 일행, 그밖에 귀한 손님들이 기쁨에 넘쳐 찾아 주시고, 옛 우리의 시골장터를 방불케 하는 토속적인 음식과 분위기는 찾아든 모든 이들을 즐겁고 흐뭇하게 해 주었음이 분명하다.

오전 11시 30분부터 장터를 돌면서 먹을 수 있게 진행되어 오후 1시 반까지 음식 즐기는 일이 이루어졌다. 음식은 호박 찰시루떡을 시루채 열 군데, 녹두 빈대떡 열 군데, 두부, 도토리묵, 각종 산나물, 돼지고기, 장국국수 등 해서

푸짐하게 차려졌다. 그리고 오후 2시부터 남사당놀이가 시작되었다. 이것이 4시까지 흥을 돋우다가 차츰 떠나기 시작해서 7시경에야 모두 돌아갔다.

올해도 예정대로 수많은 사람들이 몰려들어 정신을 차릴 수가 없게 법석였다. 음식을 대접하는 사람들, 먹는 사람들, 돌아다니는 사람들, 수돗가에서 눈코 뜰 새 없이 그릇을 씻어대는 부인들, 모두가 열심이다.

더구나 올해는 분위기를 좋게 하기 위해 색색 한지에다가 음식 이름을 써서 늘어지게 했고, 풍선을 단 종이 모자를 수십 개 만들어 아이들이나 빈대떡, 떡 나눠 주는 사람들이 쓰고 하게 했다. 비록 혼잡하기는 했지만 질서정연하게 즐거운 시간을 보내는 것을 흐뭇하게 살펴볼 수 있었다. 남사당놀이도 요란스럽고 묘한 재주를 보여 주어 볼 만한 것이었다.

특히 넓은 풀밭에서 사방이 신록으로 피어나는 병풍같이 둘러 있는 산을 배경으로 한 자연 조건에서 푸른 하늘과 찬란한 햇빛이 내려쬐는 대낮에 원색의 옷을 걸친 재주꾼 여자가 높은 밧줄 위에 서서 놀이를 하는 장면은 우리 가마가 지니고 있는 자연 조건이 아니면 어디서고 그만큼의 멋과 황홀감을 보여 줄 수 없으리라 생각된다. 이들도 고사 돈이 제법 많이 생긴 덕인지 아주 신이 나서 놀아 준 것 같다.

이 잔치를 한 번 치르자면 수많은 인력과 노력과 비용이 들지만 그만한 가치가 있음을 거듭 느끼게 된다. 올해 생일잔치가 훌륭히 이루어진 것을 두고 두고 감사할 것 같다.

1984년 5월 20일 日

사람의 손끝이나
칼끝 등으로는
절대로 조각할 수
없는 부드럽고도
세밀한 무늬

연잎 다완

 참으로 신기하리만큼 새롭고 잘 어울리는 그릇을 만들게 되었다. 이런 마음 끌리는 그릇을 착안하기란 결코 쉬운 것이 아니라고 본다. 정말 오랜만에 나타난 형태이며 수법이다. 이런 것이 나타나기란 찾고 또 찾아서 이뤄진 것이라기보다 지극히 우연한 기회에 발견되는 것이다.

실은 어제 녹수綠壽 회원 네 사람이 와서 만드는 걸 가르쳐 주는데 앞으로 이 회에서 전시할 주제는 연잎 다완을 하도록 정해주고 만들도록 했다. 같은 그릇을 하더라도 국 대접을 하면 그다지 귀하게 취급되기가 힘들고, 다완이라 하면 예술성과 용도가 귀하게 여겨지는 것이다. 그래서 기왕이면 다완이라고 이름을 붙여 놓고 만들게 한 것이다. 그러다 보니 연잎 다완은 그 이미지가 잘

어울릴 뿐만 아니라 격조 높은 작품이 되기에 충분하다고 판단되었다.

아무튼 제대로 만들 줄 모르는 회원을 가르치는 사이에 어쩌다 보니 참으로 묘한 그릇 모양이 나왔다. 전을 가능한 한 얇게 해서 날렵한 느낌이 되게 하고 굽을 좁게 해서 날씬한 몸체를 만들었다. 그러면서 양손으로 옆면을 자꾸 조이게 해서 그릇 안에 자연스런 굴곡이 생기도록 했다. 그 굴곡이란 섬세하기 이를 데 없고, 사람의 손끝이나 칼끝 등으로는 절대로 조각할 수 없는 부드럽고도 세밀한 무늬(양각 음각의 결이 있는 문양 같은 것)가 형성된 것을 이름이다. 그리고 날렵한 전이 아주 자연스레 굴곡을 이루어 살아 움직이는 연잎을 느끼도록 해주었다. 다만 너무 자연스레 되고 보니 어떤 것은 그릇으로서 마시기에 적합지 못한 것이 흠이라고 할 수 있겠다.

그러나 마실 것을 생각하고 만들어 나가면 마시는 데도 아주 묘미 있는 그릇이 되리라 생각한다. 나는 만들면서 두 손으로 그릇을 받쳐 들고 입에다 대어 마시는 시늉을 해보곤 참으로 호사스런 기분에 사로잡히기까지 했다. 내일은 좀더 크게 몇 개 만들 작정이다.

1985년 1월 9일 水

연잎 다완　191

나이가 어느새
이렇게 됐나 하는
아쉬움 같은 것이
부끄럽게 떠오른다.

또 한 해가 꼬리를 감춘다

어느덧 한 해가 꼬리를 감추려는
스산하고도, 공연히 분망한 시점에 와 있다. 도시는 정신 차릴 수 없이 어수선
하고 벅적거리는 연말 기분에 들떠 사람의 물결로 숨이 막힐 듯하고 농촌은
가련하리만큼 황량하고 한적하다.

나는 이 틈새를 왔다 갔다 하며 그저 담담한 기분으로 나날을 보내고 있다.
뜨뜻한 밥 한 그릇에 총각김치 두세 개면 꿀맛처럼 맛있게 먹고 지극히 단조
로운 작업에 시간가는 줄 모르고 하루를 보낸다. 아마 이런 생활이야말로 최
상의 것이 아닌가 싶은 자위도 하게 된다.

요즘 사람들은 모두가 눈코 뜰 새 없이 바쁘다. 이렇게 어울리고 저렇게 어
울리고 결국 남는 것 없이 모였다 헤어졌다 부산하다. 그러나 사람들은 대개

그런 생활을 원하고 있는 게 아닌가 싶다. 가만히 혼자는 못 견디고 어디에고 소속되고자 하는 성향이 이런 식으로 이리 몰렸다 저리 몰렸다 갈피를 잡지 못하게 하는 것 같다.

사람에 따라서는 이렇게 분망하고 요란스런 생활이 사는 것 같을 수도 있고 거기에서 삶의 의미나 보람, 기쁨을 느낄 수 있겠지만 나 같은 경우에는 정반대인 것 같다. 무슨 일로 여러 사람을 대하고 보면 그렇게 힘이 들고 피곤할 수가 없다. 그것은 번다한 생활이 체질적으로 맞지가 않아 생기를 잃게 하는 것인지도 모를 일이다. 아무튼 조용하게 지내는 것이 훨씬 정신적으로 좋다.

어느 해를 막론하고 크리스마스다, 연말이다 해서 별 특별한 기분에 사로잡혀 행동한 일이 없었던 것처럼 올해도 그저 담담할 뿐이다. 새삼스레 지난 일 년을 돌이켜보고 다가올 새해 계획을 세우는 일 같은 것도 절실하게 느껴지지 않는다. 다만 나이가 어느새 이렇게 됐나 하는 아쉬움 같은 것이 부끄럽게 떠오른다.

1985년 12월 23일 月

손님 대접

그들의정신을
드높이고,
정서 순화와
아름다움과 예술에
대한탐구와
기쁨을 느끼도록
해야할것이다.

　　　　　　　　　오늘은 우리 가마 회원 모두를 초
청해서 시루떡, 메밀묵, 감주, 몇 가지 엿, 과줄 등을 대접하고 음악과 글 낭독
을 하며 하루를 지냈다. 날씨가 매우 춥고 때가 별로 적합하지 못 했지만 성의
를 가지고 삼십여 명 모였다.

　사실은 정양완 선생님이 〈규합총서〉를 중심으로 해 주기로 돼 있었는데 학
교 일정이 바뀌는 바람에 올 수 없게 된 것이다. 그래서 궁여지책으로 헬렌켈
러의 〈삼 일만 눈을 뜬다면〉을 집사람이 낭독하는 것으로 메웠다. 내용이 좋
을 뿐만 아니라 낭독을 잘해서 모두 진지하게 듣고 있었다. 아마 뭐라도 느끼
게 되었을 것이다. 그리고 복사한 내용을 한 부씩 나누어 주었다.

　이렇게 회원을 모이게 할 때에는 반드시 내용이 충실한 계획을 짜서 그들

의 정신을 드높이고, 정서 순화와 아름다움과 예술에 대한 탐구와 기쁨을 느끼도록 해야 할 것이다. 그저 음식이나 먹고 시시하게 웅성대다 돌아가는 분위기는 아무런 의미가 없다. 적어도 일 년에 몇 번씩 기회를 잡아 알찬 내용의 모임이 되도록 했으면 한다.

이번에는 강사가 갑자기 못 오는 바람에 그만큼 내용이 허술해졌다. 그러나 다행히도 좋은 분위기 속에서 우리 고유의 음식을 마음껏 음미하고 갈 수 있었다. 손님 대접이란 즐겁고 좋은 것이나 대단히 힘든 것이라는 것을 새삼 느끼게 된다.

미현이한테서 편지가 두 통 연결되어 왔다. 내용으로 봐서 활발하게 움직이고 의욕을 가지고 생활하는 것 같다. 외국 사람들과 자연스럽게 잘 어울리고 그쪽 생활을 나름대로 즐기는 것 같아 다행스럽다. 편지 쓴다면서 못 쓰고 있는데 일간 써서 보내야겠다. 아무쪼록 몸과 마음이 건강하게 잘 지내다 돌아왔으면 하는 바람이다.

민호하고 규호한테 법정스님의 붓글씨 편지가 와서 아이들도 우리도 흐뭇하고 고맙게 생각한다.

1986년 1월 10일 森

먹는 기쁨들이
정신까지도 얼마나
살찌우는지
경험해 보지 못한
사람은 짐작도
못할 것이다.

먹는 기쁨

가을을 주제로 글 하나 쓰면 그럴 듯한 것이 되겠다는 생각을 하게 된다. 특히 가을에 누릴 수 있는 미각에 관해서는 남들이 미처 발견하지 못한 기막힌 기쁨을 수시로 체험하고 있기 때문이다. 우리의 행복이나 기쁨이 차원 높은 거창한 것이 아니라 지극히 인간적인, 좀더 천하게 표현하면 주관적인 감각을 통해서 절실하게 와 닿고 있다.

한 예를 들면 요즈음 알밤을 주워 삶아 먹을 때 그 폭신폭신하고 배틀한 맛은 "이구 맛있다! 아이 맛있다!" 감탄하지 않을 수 없는 것이다.

밤을 먹어도 토종밤, 그 중에도 특히 맛이 좋은 알밤을 주워 물을 약간 붓고(다 익을 때는 물이 졸아 바닥의 것은 누를 정도로) 적당할 때 불을 꺼야 한다. 밤이 너무 무르면 결코 제 맛이 나지 않기 때문이다. 그리고 쪄서 식기 전

에 칼로 껍질을 까서 통째 입에 넣고 씹어야 하는 것이다. 이때 밤은 노랗다고 할까 파르스름한 빛이 돌면서도 뽀얀 살이 그렇게 고울 수가 없다. 이런 것을 부지런히 칼로 까서 입에다 넣고 씹어 삼키자면 저절로 맛있다는 감탄을 연발하게 된다.

전에는 가을에 밤을 주우면 반들반들 윤기가 흐르고 굵은 것은 아까워 못 먹고 모아두곤 했다. 잘 두었다가 겨울에 먹든지 누가 오면 삶아 주든지, 아니면 그 맛을 아는 사람에게 갖다 주려는 목적으로 시원치 못한 것만 먹었다. 그런데 그 의도는 너무너무 어리석은 짓이라는 것을 몇 년의 경험을 통해서 깨닫고 몇 해 전부터는 그때그때 삶아 먹든지, 누가 오면 미련 없이 주든지 한다. 그래서 가을이 되고 알밤이 떨어질 때는 보석 알 같은 밤을 주워 삶아 먹는 재미로 '세상 살 만하다'는 행복을 누리게 된다.

거기엔 애호박을 기름에 부쳐 양념간장 쳐서 먹는 기쁨, 햇콩이나 밭에서 금방 뜯어온 상추, 쑥갓, 케일에 쌈을 싸먹는 맛, 싱싱한 열무나 조선배추 김치를 태양초 고춧가루로 빛깔도 선명하게 담가서 먹는 기쁨 등이 얼마나 정신까지도 살찌우는지 경험해 보지 못한 사람은 짐작도 못할 것이다. 이런 것이 인생을 사는 최고의 기쁨이고 의미가 된다고 주장한다면 너무 유치한 생각일까?

1987년 10월 2일 숲

느티나무

식물학자는 아니라도 산과 들에 널려 있는 갖가지 나무에 대해 제법 안다고 생각하고 있었지만 지난 가을 단풍이 들었다 떨어질 무렵 뜻밖에도 새로운 사실을 발견하고 스스로 경탄한 일이 있다.

우리 가마 뒤편에 절골이라는 멀지 않은 골짜기가 있어 형편이 되면 그곳을 찾아 올라갔다 내려오는 버릇이 생겼다. 거기에는 아주 조촐한 샘물이 맑게 솟아나고 있는데다 그 물맛이 참으로 순수해서 한참을 올라가 한 사발 벌컥벌컥 마실 수 있는 것도 큰 기쁨이다. 그런데다 옛 절터라서 큰 느티나무도 몇 그루 있고, 은행나무가 장승처럼 우람하게 버티고 있으며 옛 기왓장들이 널려 있고, 매우 잘 다듬어진 떡판 바위가 박혀 있기도 하다. 여기 와서 물을

마시고 잠깐 앉아 주위를 둘러보는 정취는 잠시나마 속세를 떠난 듯한 푸근한 마음을 부어주기에 더욱 귀한 것이다.

그런데 지난 가을 단풍이 맑게 물들고 석양볕이 화사하게 내려 쪼이는데 우람하기만 한 느티나무 가지가 위쪽으로부터 율동을 시작했다. 마치 바닷물이 밀려들 듯 위로부터 아래쪽으로 유유하게 흔들려 내려오는 것이 참으로 장관을 이루었다. 어느 무용수의 옷자락이 저토록 자연스럽고 유연하게 흔들릴 수 있겠는가! 맑고 맑은 황금빛 느티나무 잎사귀들이 물에 씻기는 모래알처럼 살랑거리고, 그것은 군무가 되어 하늘의 향연인 양 우람하게 율동을 계속하는 것이었다. 마치 수백, 수만 명의 오케스트라에서 울려퍼지는 음향처

　고향이 있는 풍경

럼 온 천지를 진동하는 것 같았다. 과연 느티나무의 흔들림은 인간이 꾸며낸 잡다한 몸짓하고는 비교가 되지 않았다. 자연의 힘이란 위대한 것이었고, 그 예술 또한 최상의 것이 아닐 수 없었다. 밑둥은 바위처럼 요지부동으로 딱 버티고 있건만 그 몸 전체가 저토록 유연하게 구비칠 수 있다는 것이 신비스럽기까지 했다.

느티나무는 수백 년씩 자라서 마을 한가운데 정자 노릇을 해주는 수호신과 같은 존재라고 여겨진다. 그 줄기는 무쇠처럼 단단하고 큰 바위처럼 요지부동이다. 그런데 그 가지 끝은 참으로 섬세한 것이다.

지난 늦가을 낙엽이 진 그 나무의 모습을 바라보았을 때 가지 끝이 그렇게 가늘고 아기자기할 수가 없었다. 다른 나무들의 가지 끝은 대부분 무디고 투박스럽다. 유독 느티나무만이 노루 잔등 같은 가는 가지로 꽉 채워 있는 것이었다. 그러니 살짝 부는 미풍에도 양털구름처럼 섬세하게 피어나는 것이다.

나도 느티나무가 주로 고목이라는 사실과 무지스럽다고 여겨왔건만 지난 가을에야 그토록 섬세한 가지를 지니고 한 점 미풍에도 떨지 않고는 못 배긴다는 사실을 발견하게 된 것이다. 이토록 당당하고 우람한 나무도 가지 끝에서는 솜털처럼 민감할 수 있다는 것이 뭔가 암시적인 교훈을 주었다. 사람도 느티나무처럼 그런 양면을 갖출 수 있으면 하는 생각이 든다.

1988년 2월 27일 土

자연의 섭리가
위대하다는 것을
이 소심의
한 떨기에서도
절실히 깨닫게 된다.

소심난素心蘭 향기

지금 우리 전시실에는 이름 그대로
소박한 소심난素心蘭이 마루방에 열 송이, 장판방에 다섯 송이를 매달고 있는
데 열 송이 쪽은 반이 피고, 다섯 송이는 아직 꽃잎을 다물고 있다.

그런데 해마다 바라보고 느끼는 것이지만 어찌 그리도 황홀한 향기로 그
넓은 방을 채우고도 모자라 현관에 들어서면 살짝 기미를 보이다가 이층 계
단을 올라설 때 본격적인 난향을 뿜어내고 있는 것인지. 참으로 신기한 것이
그 자그만 꽃 몇 촉이 제 몇 만 배, 몇 백만 배가 넘는 공간을 그토록 향기롭게
채워놓고 있으니 자연의 섭리가 위대하다는 것을 이 소심素心의 한 떨기에서
도 절실히 깨닫게 된다.

동양란이 양란과 다른 것은 결코 화려하지도 않고 수선스럽지도 않다는 점

이다. 꽃 빛깔 자체만 해도 연한 녹색인가 싶으면 흰 빛이 돌고 연두색인가 여기면 유리알처럼 투명하다. 아무튼 그 여리고 여린 꽃잎의 빛깔이나 자태에서 우리들 인간이 배울 것이 너무나 많다. 우리 인간이 이 소심난처럼 우리 둘레에 맑고 신선한 향기를 더해 줄 수 있다면 얼마나 좋을까? 나는 이 꽃이 피어 너무나 다소곳이 겸손하게 혼탁한 정신을 정화시켜 준다는 사실을 발견할 때 혼자만 누리기가 죄스러운 생각마저 든다. 되도록이면 오래오래 피어 있고 보다 많은 사람들이 기쁨을 누릴 수 있게 되었으면 한다. 그러나 내 가까운 식구들마저 세상일에 얽매여 좀체 이곳을 오지 못하니 이런 게 현대를 사는 비극이 아닌가 한탄하게 된다.

팔월 말경의 가마 실내는 이렇게 난향으로 넘쳐나고 울안은 옥잠화가 한창 피어 그 독특하고도 진한 꽃내를 발산하고 있다. 뿐만 아니라 저녁 무렵이 되면 조금은 촌스럽고 보잘것없는 빛깔과 모양의 분꽃이 여기저기 입을 연다. 어찌 이 꽃향기도 그토록 고울까! 은근한 그 향기는 실내의 소심난 못지않게 환희의 세계로 나를 이끈다. 천국이 바로 이런 분위기가 아닐까?

1990년 8월 22일 火

연적 전시회

우리가
이런 분들에게
둘러싸여 있다는
사실이 얼마나
큰 복인지 모른다.

어제, '90년 10월 28일 다섯 번째 전시회를 우리 전시실에서 열었다. 다행히도 날씨는 포근하고 맑았다. 먼 데까지 오시는 손님들 점심을 찰떡, 찰밥, 주먹밥, 어묵국, 찹쌀동동주, 두부, 도토리묵 등으로 꽤 많이 준비했다. 그 동안 우리가 가마잔치 하던 가락이 있어 손님들은 자유롭게 자리에 앉아 마음껏 잡수셨다. 그 때문인지 그렇게 많이 준비한 음식이 동이 났으니 전례 없었던 일이다.

아무튼 오실 만한 분들이 많이 오셔서 성대한 첫날이 되었다. 일창一滄, 우전雨田, 법정法頂, 여초如初, 선우양국, 김서봉, 맹인제 선생 같은 분들이 오셨으니 영광스러운 일이다. 그리고 평소에 아끼는 분들이 주로 오셔서 알토란 같은 분위기가 되었다. 우리가 이런 분들에게 둘러싸여 있다는 사실이 얼마

나 큰 복인지 모른다. 이 먼 데까지 찾아 주신 우리의 가까운 분들께 감사하지 않을 수 없고, 만약 우리가 아니고 이만큼 성황을 이루는 전시회가 있을 수 있을까 하는 생각이 들었다. 어제야말로 단풍이 절정이라서 너나할 것 없이 산으로 시골로 야유회를 나갈 것일 텐데…….

내가 존경하는 선생님들은 진심으로 내가 하는 도자기의 자세에 격려의 말씀을 아끼지 않으셨고, 많은 사람들이 감명을 받은 것 같았다.

27일 저녁 전시실을 다 꾸며놓고 조명을 켜고 돌아보니 과연 우리니까 해낼 수 있었다는 자신감 같은 것이 떠올랐다. 억새풀을 엮어 두른 라디에이터 박스, 두꺼운 통판 뒤를 세운 자연 그대로 억새풀의 부드러운 선, 또 새 짚으로 엮은 역시 라디에이터 박스 진열대, 들국화 천장, 굴피참나무를 높낮이로

잘라 세운 벽 구석의 통나무 전시대, 느티나무 고사목의 부드러운 질감 등 참으로 자연스럽다. 마치 시원한 숲속을 들어온 양 국화 향기, 억새, 짚 냄새, 통나무 냄새 등 찾아온 사람들을 이 한가지만으로도 매료시킬 수 있는 것 같다. 게다가 보석 같은 백자연적들은 금상첨화라 할까, 보는 사람들의 마음을 움켜쥐는 것 같다.

첫날은 성황을 이루었고, 오늘은 조용하게들 찾아왔다. 법정스님의 신도, 부산 댁들은 비행기를 타고 와서 다시 택시를 대절해서 전시구경을 왔으니 놀랍지 않을 수가 없다. 전복을 한 통 선물로 가지고……. 기분 좋은 날이다.

1990년 10월 29일 月

무수한 자연의
악기가 그 깊은 향기를
저마다 뽐내는
하나의 경연장
같기도 하다.

토방의 향기

　　　　　　　　　　　토방土房 천장 가운데다 생 들국화 다발을 못을 치고 둥글게 다니 아주 잘 어울린다. 소나무 생 서까래와 억새 줄기를 칡으로 엮어 덮은 천장이 자연의 황금빛 생화로 장식되니 혼자 보기 아깝다. 벽은 닥지로 바르고 방바닥은 대자리를 깔았으니 여기에 무엇이 더 필요하단 말인가? 윗목에는 잣나무 통판 탁자를 길게 놓고 유약도 바르지 않고 구운 둥근 항아리에다 자주색 토종국화를 꺾어다 꽂고 그 옆에는 백자 연잎 접시에 싱싱한 모과 두 덩이를 따다 놓았다. 그리고 백자 향꽂이와 연잎 등잔 받침이 이 방의 전부이다.

　　새벽부터 국화를 묶어가며 엊저녁에 하다 미진하게 된 곳을 메우느라 아침도 늦게 먹었다. 이렇게 다 해놓고 싹 쓸어내고 정돈을 깔끔히 해 놓은 다음

불을 때 방바닥이 따끈따근하게 해놓았다. 방안에는 온통 국화 냄새로 진동하는데 거기에 진흙 내, 대자리 내, 모과 냄새까지 합쳐져 이런 뒤엉킴이 뭐라고 표현할지 모를 지경. 그런데 저녁에는 밖에서 말리던 대추까지 들여다 놓았으니 단연 냄새의 교향악이라 해도 좋을 성싶다. 그것도 인공의 잡다한 기교가 가미된 요란스럽고 일회적인 것이 아니라 순수하게 자연 그대로의 향취를 뿜어내니 놀랍다고 할 수밖에 없다.

　나의 이런 소꿉장난 같은 생활이 어찌 보면 치기에 불과하겠지만 또 어찌 보면 너무나 멋과 자연 그대로의 진미를 누리는 것이 아닌가 싶다. 쪽문을 달아 가두어 둔 방안은 살아 숨을 쉬면서도 무수한 자연의 악기가 그 깊은 향기를 저마다 뿜내는 하나의 경연장 같기도 하다. 너무 좋아 누워서 시간 가는 줄 모르고 올려다보았다.

1991년 10월 16일 木

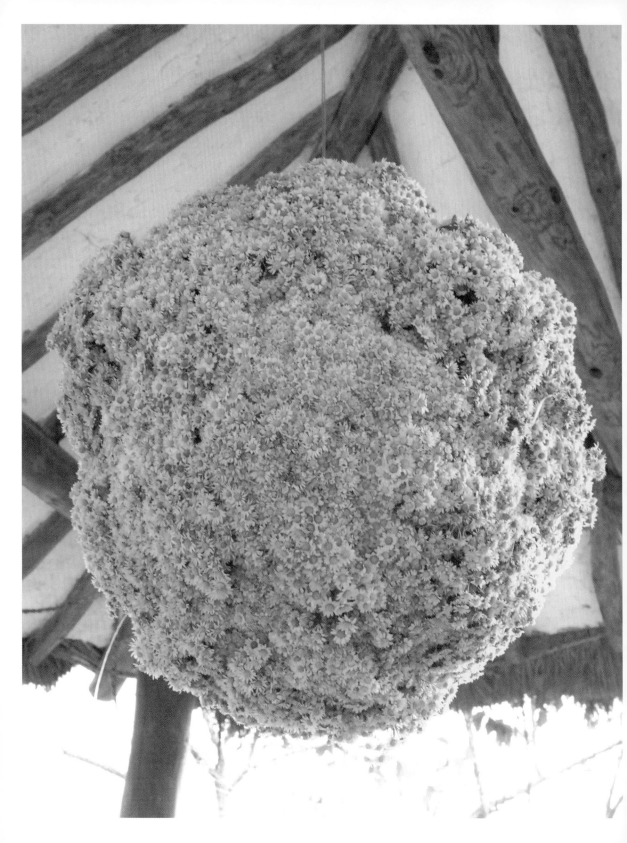

우리가할 수 있는
최선을 다해
만족한 결과가 되기를
거듭 다짐된다.

퀼트 전시

드디어 이종숙 선생이 집사람과 가마에 왔다. 너무나 오랜만에 보는 얼굴이다. 18년 만에 보는 것이니 외국 생활에서 고국에 돌아온 감회가 어떨 것인가. 더구나 몸도 건강치 못한 가운데 어떻게든 서울을 다녀갈 구실을 삼느라 그동안 피땀 어린 정성을 기울여 만든 퀼트 작품을 가지고 우리 가마에서 전시를 하는 목적으로 온 것이다.

작품들은 공이 많이 든 것이고 우리나라에서는 처음 하는 퀼트전이라는 데 그 의미가 크다고 본다. 우리 또한 우리가 할 수 있는 최선을 다해 전시장을 들국화 꽃다발로 장식했는데 며칠을 달라붙은 결과 오늘 완성되었다. 대들보에는 큰 보름달 모양의 들국화 뭉치를 다니 장관이 아닐 수 없고 천장 역시 곡선의 묘미를 살려 무한으로 뻗어나는 잠재력을 상상하는 조형미 넘치는 꽃

　고향이 있는 풍경

천장을 만들었다.

가을 단풍은 아름답지만 조금은 쓸쓸하게 물들고 사람들 마음을 허전하게 한다. 가마에서는 호박 찰시루떡을 비롯해 따끈한 우리 차와 또 다른 음식을 마련해서 전시회를 축하하는 행사로 손님들을 청해 대접하는 것은 즐거운 일이다. 전시 사진 초대장까지도 갑자기 하느라 집사람은 무척 노심초사 애를 써서 어제서야 색분해를 마쳤고 월요일에 초대장이 나오면 우선 보내야 하는 일이 급한 것 같다.

아무쪼록 잘 자시고, 잠 잘 자고, 기분 좋게 지내면서 이 의미 큰 행사를 성공적으로 치러내기를 빈다. 아무튼 우리가 할 수 있는 최선을 다해 만족한 결과가 되기를 거듭 다짐한다.

1991년 10월 17일 木

흙과 씨름하기

내가 내 생각을 해봐도 요즈음 작품 하느라 숨쉴 틈도 없는 것 같다.

어제 아침 갑자기 감 연적을 만들어 봐야겠다는 마음이 떠올라 세 개나 다섯 개를 만들 작정이었으나 결국 일곱 개를 만들었다. 전에 해놓은 대작 칼질을 해서 완성해가며 늦도록 다 만들어 놓고 일어났다.

오늘도 정신없이 터지는 연적을 온종일 때워 가며 필통까지 일곱 개를 추가해서 만들어 완성했다. 오늘 또한 늦게까지 다 완성하고야 일어나 저녁을 먹었다. 내일 초벌구이를 하기 때문에 이번 불에 진사를 칠한 감 연적을 넣고 싶어 욕심을 부린 셈이다. 아무튼 한순간도 쉬지 않고 난리가 쳐들어오는 것처럼 바삐 한 결과 좋은 연적이 태어났으니 대견하지 않을 수 없다. 아마 이렇게

억척을 떨지 않으면 뭐 하나 제대로 해놓지 못할 것 같은 생각이 들기도 한다.

겨울 동안은 뭐라도 집중적으로 해서 봄, 여름 내내 흙을 만지지 않았던 그 공백을 채우는 것이다. 올 겨울에는 무엇을 해야 할지 결정된 것은 없지만 아무튼 전에 하지 않은 새로운 것을 하고 싶다. 이제 흙을 가지고 씨름하다 보면 새로운 문이 열릴 것은 사실이다. 오리 한 마리를 만들어도 이거다 하는 것이 나오면 된다.

엊그제 꽃 항아리를 만들다 흙이 힘이 없어 자꾸 처져 내리는 것을 가지고 안간힘을 쓰다 결국은 못하고 한쪽을 잘라내어 어떻게라도 웅그리려고 했던 것인데 참으로 기가 막힌 오리가 되었다. 일부러 해서는 도저히 되지 않을 그런 형태라서 바닥이 나가더라도 그대로 구울 마음을 먹고 있었는데 바닥에 두 군데나 금이 갔지만 다행히 성공했다고 볼 수 있었다. 만들다 보면 뜻밖에 너무나 우연히 좋은 형태가 나온다. 자꾸 흙과 씨름하는 일밖에 없다.

1991년 12월 6일 金

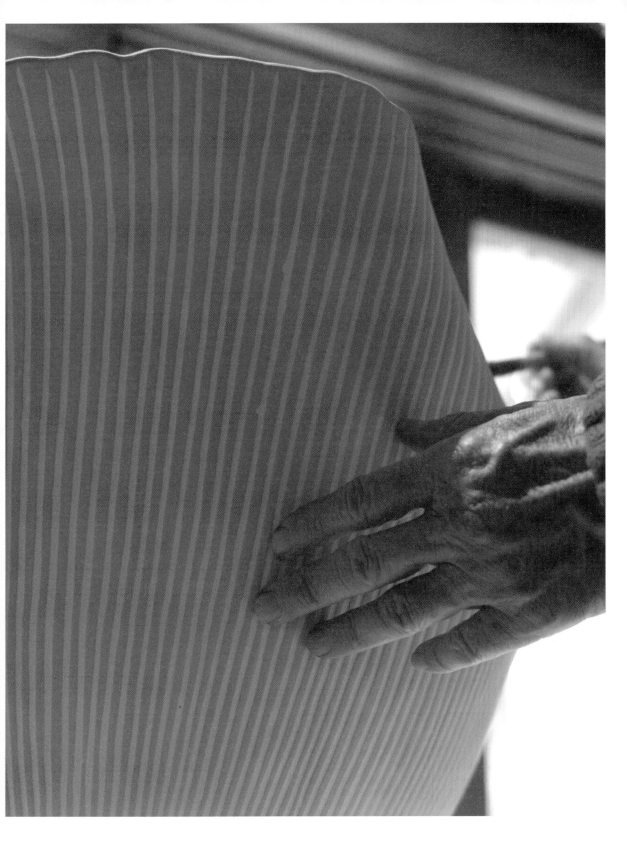

5
—
내가 만난 인연

일창 유치웅 선생님

완미당婉美堂 정양완鄭良婉 선생님을 통해서 알게 된 일창 선생님은 나의 정신적 지주라 해도 과언이 아니다. 구십 칠 세까지 건강하게 장수하시고 바르고 깨끗하게 사신 분의 대표라 해도 좋을 것이다. 선생님은 서예의 대가일 뿐만 아니라 천재성을 지니신 학자이시다. 그 인품은 정초에 세배 오는 손님들을 봐도 얼마나 훌륭하시기에 저럴 수 있을까 할 만큼 줄을 지어 찾아드는 데는 놀라움을 누를 수 없게 한다.

그 분은 절대로 욕심이 없으셔서 베푸시기만 했다. 어쩌다 우리 가마에 들리셔도 당신께서 대접을 하시려고 했지 야속하리만큼 폐를 안 끼치려 하셨다. 정말 대단한 것은 구십이 넘으셨어도 홍안이셨고 그 목소리는 청년 못지않게 짜랑짜랑 하셨다. 그러면서도 사물을 꿰뚫어 보시는 혜안은 날카롭기

이를 데 없었다. 지금도 놀랍기 짝이 없는 사건으로 남아있는 것은 천지 이치를 통달한 도인이라는 생각을 지울 수 없게 하는 것이다.

한 예로 나의 후배 격 되는 어디 한 군데 나무랄 데 없이 바르게 살고 있는 사람을 데리고 선생님을 찾아뵈었다. 그가 선생님의 휘호를 좋아해서 한 폭 구하고 싶어해 말씀드렸더니 장지문 뒤에서 한 장 꺼내다 주셨다. 뜻을 여쭤보니 새벽에 일어나면 침을 씹으라는 내용이라 말씀하셔서 재차 그 뜻을 여쭈었다. 마음을 닦으라는 것이었다. 그렇다면 너무나 황당해서 오히려 그 후배에게 미안한 생각이 들어 공연한 부탁을 했다고 후회를 했다. 아니나 다를까 얼마 안 지나서 그 착하던 후배는 바람이 나고 단란하던 가정이 하루아침에 지옥이 되는 것을 보고 선생님의 예지가 얼마나 대단한가를 깨닫게 되었다.

선생님은 늘 밝고 낙천적이었다. 가정사정을 들여다보면 그럴 형편도 아니었다. 그렇지만 담담하게 그 불행을 감싸안고 수많은 사람들에게 위안과 의지처가 돼주셨던 것 같다. 나 같은 사람은 정말 별 볼일 없는 소인배에 불과했건만 뵐 때마다 살아있는 교훈과 용기를 주셨다.

"김 선생, 역사에 남는 그릇을 만드시오. 돈과 명예에 집착하지 말고 정성을 기울여 좋은 작품을 남기도록 노력하십시오. 선생 백자 빛깔은 남달라서 보배가 될 것이오."

정신적으로 우리를 이끌어 주신 분이 한두 분이 아니건만 일창 선생님의 그 고귀하신 인품과 격려는 크나큰 힘이 돼 주셨던 것이다. 선생님은 보원寶元가마 네 돌 잔치에 과분하게 시를 한 수를 써서 가지고 오셨다.

가마를 박은 지 30년이 다 돼가는 지금 이 순간에도 나의 방에는 선생님이

손수 지어주신 축원 담긴 한문 휘호가 난초 잎이 휘날리듯, 또는 고색창연한 바위돌이나 느티나무 고목이 그 기상을 내뿜듯 높직이 걸려 있어 수시로 바라보게 되는 것이다.

그런 분도 한번 가시고 나니 영영 뵐 길이 없다. 지금도 가슴 속에 큰 죄를 짓고 있는 것처럼 가시지 않는 것은 돌아가시고 장례 때 참석 못한 것과 성묘 한 번을 못간 것이 죄책감으로 남아 있는 것이다.

비록 생전에는 통장 하나 없이 성북동 산비탈 비좁고 허술한 집에서 사셨지만 정신적으로는 궁궐 못지않은 세상에서 천상을 거닐 듯 유유자적하며 신선처럼 사신 분이니 분명 저세상에서도 최상의 극락을 누리시리라 믿는다. 그 칼칼하고 우렁찬 음성과 홍안 소년 같으신 모습이 현실인 양 느껴지는 이 순간이다.

寶元네둣잔치

곤지암 보원가마 물어온지 네둣이
라 청아한 그대 솜씨 고려청자
굿지않네 내외온 구름같이몽여
생일축하 노아라

임슬 五월 九일　一峽軒、人

선생님의 모습을
마지막으로 뵌 것이
병원 엘리베이터
안에서였으니
그렇게 인생이
허무할 줄은
미처 몰랐다.

우리 것을 끔찍이 아끼셨던
혜곡 최순우 선생님

뜻밖에, 너무나 뜻밖에 당시 고려
병원 엘리베이터 안에서 선생님의 초췌한 환자복 차림의 모습을 뵙게 될 줄
이야……. 나는 장인께서 그 병원에 입원 중이라서 가는 참이었다. 그토록 격
조 높은 박물관장실 안의 부드럽게 미소 띤 온화한 모습이었건만 감히 발길
을 옮겨 들어가기 떨릴 정도의 위엄을 느끼지 않을 수 없었던 그 분의 실체가
어찌 저럴 수 있을까 할 정도였다. 벌써 그때의 병세는 매우 심각한 상태 같았
다. 내가 선생님의 모습을 마지막으로 뵌 것은 그 병원 엘리베이터 안에서였
으니 그렇게 인생이 허무할 줄은 미처 몰랐었다.

그러니까 1978년쯤으로 기억하고 있는데 천방지축으로 첫 전시회 계획을
세워놓고 전시 서문을 써달라고 동료 교사 부친의 소개로 박물관장실로 찾아

간 것이 첫 대면이었다. 생각해보면 선생님께서는 황당하기 짝이 없는 노릇이었을 것이다. 왜냐하면 생면부지의 영어선생이라는 위인이 백자 필통인지 뭔지를 들고 와 언감생심 그분의 서문을 부탁했으니 돈키호테도 저리가라 할 지경이었을 것이다.

처음에 관장님은 전시회라는 것이 그렇게 간단한 것이 아니고, 열에 아홉은 안 한 것만 못한 것이니 계획을 포기하라고 설명을 해주셨다. 그러나 이미 화랑도 계약을 해놓은 상태, 도저히 취소할 형편이 아니었다. 결국 울며 겨자 먹기 식으로 써주셨고 형편없는 팜플렛 정도의 전시책자가 나와서 나름대로 성공적인 전시회였다고 우쭐거렸던 것 같다. 그것이 '제1회 김기철 백자전'이었는데 그 해 기자들이 뽑은 우수한 전시였다고 전해 들었다. 그러나 나를 더욱 감격시킨 것은 서문 원고료를 드리려 선생님을 찾아갔을 때 "김 선생같이 어렵게 우리 도자기를 해보려고 애를 쓰는 사람에게 내가 도와주진 못할 망정 고료를 받는다는 게 말이 됩니까?" 하고 극구 내치시는 바람에 정말로 고맙고 죄송한 기분으로 물러나왔던 것이다.

그 이후 본격적으로 선생님과 가까워질 계기가 공간대상을 타면서 다가왔다. 소가 뒷걸음질하다 개구리 잡는다고 나의 수상은 지극히 우연이었다. 미술계의 동향을 전혀 모르고 또 알려고도 하지 않는 내 체질에 공간대상이 있다는 것도 알 리 만무였다. 어떻든 우리 가마에서 도자기를 빚는 도예과 출신 아가씨가 한번 같이 내보자고 끈질기게 설득하는 바람에 장난삼아 맘대로 하라고 해본 것이 뜻밖에 상을 타게 되고, 하룻밤 사이에 도예가라는 딱지가 붙게 된 것이다.

바로 그 수상 자리에서 최순우 관장님은 의아해하기보다는 감탄을 계속하시는 것이었다. 당시 심사위원 이경성 선생님과 김수근 씨 또한 나이 사십 중반의 영어교사가 나타난 것이 의외라면 의외였을 것이다. 나는 사실 아무 생각 없이 꽃잎 일곱 쪽의 꽃 모양을 우그려 붙인 것에 불과한 것이건만 선생님은 절묘한 모양의 불수감佛手柑이라고 찬탄을 연발하셨다. 결국 그것은 박물관에 기증을 하면 어떻겠냐는 제의에 미련 없이 그렇게 했고, 그 '불수감'은 관장실 제일 눈에 잘 띄는 사방탁자 한가운데 모셔지는 영광을 누리게 된 것이다. 어떻든 내 자랑 같지만 선생님은 당신을 찾아오는 손님이 그 작품에 대해 언급이 없을 때는 안목 없는 사람으로 취급하게 된다고 말씀하셨다.

그렇던 불수감이 당시 문화공보부에서 도자기해외전을 하면서 파손되었고, 그것을 다시 복원하겠다고 당시 무슨 실장이 사죄하는 뜻으로 점심을 냈다. 최 관장님은 이 작품이 박물관에 소장될 성질의 것이 아니라 국립현대박물관으로 이첩시키겠다고 말씀을 하셔서 좋도록 하시라고 대답을 했던 것이다. 그런데 나중에 알고 보니 이 작품은 어디에서도 찾아볼 수 없이 증발되고 말았다. 벌써 20년 이상의 세월이 흐른 뒤라 행방을 추

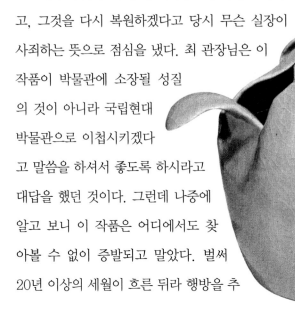

적하다 포기하고만 상태이다. 물건이고 사람이고 한때 영광을 누린 값을 치르게 돼 있음인지 파손이 됐다가 복원이 되고, 다시 어디론가 끌려가 어떤 신세로 남아 있는지 그냥 궁금할 따름이다.

최순우 관장님의 높은 안목과 식견, 그보다도 바르고 깨끗한 인품을 존경한 나머지, 또 우리에게 베풀어준 남다른 관심을 생각하면 생전에 세배 한 번을 찾아가 드리지 못한 것이 사람된 도리가 아니라고 자책하고 있다. 이제 내년부터는 꼭 세배를 다녀야지 하고 마음먹고 있었는데 그만 세상을 뜨고 마셨다. 그나마 최소한의 인사를 드릴 수 있는 방법은 정초에 정성들여 만든 백자합에 집에서 딴 대추를 가득 담아 제청에 놓고 세배 아닌 깊은 사죄의 절을 드리는 것으로 대신할 수밖에 없었으니 두고두고 후회되는 일이다.

그것은 기적이라고
할 수 없습니다.
자연적인 현상으로
보아 합니다

참으로 성실하고 겸허하신
김 추기경님

내가 감히 김수환 추기경님에 대해
쓰는 것이 불경스럽지나 않을지 저으기 염려된다. 다만 내가 만난 분들 중에
참으로 훌륭하신 인품을 지니고 계신 분이라고 믿기 때문에 몇 마디 경험했
던 일화를 말하고 싶은 것이다.

그러니까 지금부터 한 이십여 년 전 천주교 교구설정 150주년 행사가 명동
성당에서 열렸다. 어떤 경로로 우리가 도자기를 해주기로 했다. 그 때문에 추
기경님께서는 직접 우리 오막살이 같은 가마에 오셔서 만들어 놓은 그릇에
당신의 사인을 원종일 붓으로 쓰셔야 했다. 때는 우리가 가마를 시작하고 얼
마 안 됐으니까 너무나 불편한 시설이었다.

어떻든 온종일 혹사를 당하시고 떠날 시간이 되었다. 당시 명동성당에서

치맛바람을 날리는 이렇다할 부인들이 세 명쯤 동행을 했는데 끝에 가서 자기네 이름을 넣어 한 점씩 써 주십사고 부탁을 했다. 날은 이미 어두워졌다. 그러나 파김치가 되다시피하신 추기경님은 묵묵히 세네 분의 요청을 다 들어 주셨다. 그리고 나니까 한 부인이 자기 남편, 아들 것을 써달라는 것이었다. 그분은 역시 말씀 없이 그들의 이름을 쓰셨다. 내가 보기에 추기경님의 글씨 솜씨는 어설펐고 붓놀림도 느렸다. 일은 거기서 끝난 게 아니라 나머지 부인들도 연달아 해달라고 초벌한 그릇들을 골라와 들고 있는데 옆에서 보기에 맹랑한 노릇이었다. "여자들 얌통머리가 저렇다니까……. 저녁도 못 자시고 갈 길은 먼데……." 나는 몹시 못마땅했지만 내색을 못했다. 그렇지만 추기경님은 싫은 기색 하나도 없이 요구하는 것들을 다 마치고야 일어나셨다.

그 날 부인들은 추기경님 뒤에 둘러서서 지켜보며 이따금 시중도 들었는데 나를 보고 "이렇게 추기경님께서 직접 김 선생님 가마에 오신 것은 특별한 은총이에요. 천주교 나오세요!" 하고 권유 아닌 강요를 하는 것이었다. 그러자 추기경님은 비로소 입을 떼셨다. "교회 나오는 것은 말이나 강요로 되는 것이 아닙니다. 자연스럽게 돼야 합니다"라고 말씀하셨다.

또 하나 그 며칠 전 여의도 광장에서 기적이 일어났다고 사진을 들고 와서 입을 모았다. 여의도 광장을 채운 신도들 앞으로 김수환 추기경님이 나오시는데 하늘에 십자가가 나타났다고 그 사진을 크게 확대해서 보여주는 것이었다. 과연 검은 구름을 배경으로 부우연 십자가 모양의 형상이 지상을 내려다보듯 형성되어 있었다. 부인들은 "기적이에요! 기적! 이럴 수가 없어요!" 하고 흥분하고 있는데 "그것은 기적이라고 할 수 없습니다. 자연적인 현상으로 봐야 합니다"

하고 잘라 말씀하셨다. 만약 내가 그 자리에 있었다면 "하느님께서 역사하신 것입니다. 기적이고 말고요!" 하고 맞장구치든지, 은근히 회심의 미소를 띠고 아멘 할렐루야 했을 것이 분명하다.

그 후 몇 차례 만나 뵈었다. 다행히 우리 가마에서 추기경님이 사인한 도자기가 찌그러진 것까지 다 나가 제일 큰 성과를 올렸다고 전해 들었다. 그때 생각을 하면 최소한 일년에 한 번 만이라도 세배를 갔어야 했는데 그럴 용기도 없이 먼발치에서 그 분의 인품을 흠모하고 있을 뿐이다.

내가 아는 법정스님

어찌 보면 스님은 간디의 정신과 생활을 떠올릴 만큼 간결하고 검소한 면모가 그 유명한 '무소유' 이상으로 생활 주변에서 느껴졌다.

나는 지금 2, 30년 전의 스님 모습을 떠올리고 있다. 높은 창공에 대숲 같다고 할까, 깊은 계곡의 솔바람 같다고 할까 아무튼 그 기상이 서릿발처럼 새파래서 스치면 살갗이 베어질 것만 같았다. 바라보면 안광이고 이마고 머리가 빛났다. 이러한 분위기는 나 같은 건방도 지레 꼬리를 내리고 죄진 인간처럼 고개를 제대로 들지 못했다. 섣불리 그 앞에서 트릿하게 놀다가는 한방 얻어맞고 당장 쫓겨날 것 같은 기분이 들었기 때문이다.

이러한 분을 장님 코끼리 더듬듯 지극히 피상적인 식견으로 아는 척을 한다는 것이 무모하기 짝이 없는 노릇이겠다. 그러나 삼십 년 가까운 세월을 인연 맺고 살아오는 동안에 단편적으로 뵙고 느낀, 그리고 배운 체험을 바탕으로 신도가 아닌 속물 근성의 버릇없는 소리로 늘어놓는다는 것이 격에 어울리지 않게 아첨을 떤다든가 뚱딴지 같은 짓이 되지 않을까 적이 망설여지기도 하는 것이 솔직한 고백이다.

스님과의 만남은 도자기와 스님의 수필 〈서있는 사람들〉로 인해 시작되었다. 그러니까 1979년쯤이라고 기억되는데, 도자기를 시작한 지 한 1년 됐을 때 스님의 〈서있는 사람들〉을 읽고 크게 감명을 받았다. 그런데 그 내용 중에 인사동에서 다기를 구하려 했지만 맘에 드는 것이 너무 비싸 결국 그냥 나오고 말았다는 대목을 보았다. 명색이 도자기를 한다면서 다기 한 벌을 선사 못하랴 싶어 마음에 담고 있는데 이웃에 사업을 하는 사장이 때때로 들러 이야기를 나누는 중에 내 생각을 얘기했더니 어느 날 느닷없이 스님을 모시고 왔던 것이다. 당시 스님은 백자 때깔이 좋다고 그 엉터리 다기를 들여다보시면서 수차 말씀하시는 것이었다. 나는 속으로 공거로 얻어가니까 칭찬 몇 마디로 값을 치르나 보다 생각했다.

좌우지간 그 이후 우리 식구는 거의 일 년에 두 번씩 방학 때면 스님이 계신 불일암을 찾아가 이삼 일씩 묵삭이다 왔다. 뻔뻔스러운 것은 시주 한번 제대로 한 일 없이 쳐들어가 많지도 않은 양식 죄 파먹고 왔으니 뭐라고 생각하셨을까? 어디 그뿐인가, 부부간에 쌈박질한 걸 가지고 심판을 받는 것이었다. 집사람이나 나는 서로 제 좋은 식으로 일러바친다. 또 애들 골치 아픈 얘기를 늘어놓으며 자문을 구한다. 상담비 한 푼 안 내고…….

그 중에 히트를 쳤다면 단연 큰딸 미현이 건이다. 당시 딸아이는 대학을 나오고 대학원 진학 중이었다. 한데 갑작스레 프랑스 유학을 가겠다는 것이었

다. 나는 대학원 마치고 시집이나 간 다음에 떠나라고 종용을 했지만 막무가
내였다. 프랑스에서 공부하고 돌아온 삼촌 내외까지도 혼자 보내서는 안 된
다고 극구 반대하는 것이었다.

하는 수 없이 불일암으로 스님을 찾아갔다. 스님은 한 번밖에 없는 인생 미현
이 원하는 대로 하도록 하는 게 좋겠다고 뜻밖의 조언을 하시는 게 아닌가? 결국
제 엄마까지 합세를 해서 온 집안이 반대하는 유학을 떠나게 된 것이었다. 결과
적으로 딸은 성공을 한 셈이다. 운이 좋았든 재능이 뛰어났든 간에 세계적인 사
진작가로 제 역량을 발휘하며 바삐 활동하는 것을 보면 그때 스님의 판단이 얼
마나 명쾌하게 적중했는가 새록새록 감탄하게 된다. 어떻든 나는 그 점에 대해
서만은 솔로몬 왕의 지혜가 스님만 못하다고 굳게 믿고 있을 뿐만 아니라 생각
할수록 다행스럽고 고마운 스님 앞에선 더욱 잘잘 기는 신세가 되고 말았다.

다음은 커서 교통순경 되는 게 소원이라던 막내 규호 얘기가 나와야 할 것
같다. 집에서나 불일암에서의 말거리는 주로 규호가 제공해 줬다고 해도 과
언이 아니다. 어떻든 스님은 유난히 규호를 귀여워하시고 삼남매 중 규호가
그 중 덕성스럽고 효도를 할 거라고 입버릇처럼 말씀하셨다. 생각해 보면 쬐
끔한 게 엉뚱한 소리도 잘하고 웃기는 분위기를 곧잘 만들었다. 그러나 그 애
로 인해 스님 머리카락이 더욱 빠진 게 아닌가 생각하니 면목이 없다. 1987년
1월 12일 일기를 보니 더욱 여실하게 그때가 떠오른다.

"요 몇 해 연중행사로 돼버린 불일암 여행을 온 식구가 하고 어제 돌아왔
다. 겨울이 되어 좀 한적하리라 여겼던 것인데 찾아오는 사람들이 많아서 번

거로웠다. ……그날 밤 우리 식구끼리 스님을 모시고 차와 과일을 나누며 오붓한 대화의 시간을 보낼 수 있었다. 여기에서는 주로 규호를 위해 해주시는 스님의 말씀이 많았다. 그날따라 녀석도 매우 진지하게 듣고 마음을 새롭게 하는 태도를 엿볼 수 있었다. ……아무튼 공부도 어느 만큼은 해야 한다는 것을 강조하셨다. 세상 사는 데 공부가 다가 아니라고 늘 얘기하셨지만 '중이 되는 데도 고등학교 이상은 나와야 한다'고 예를 드는 것이었다. 그리고 다음 날은 점심 먹고 송광사 대웅전 지어놓은 것을 구경하려고 스님 뒤를 따라 내려가는 도중에 따뜻한 산기슭에 앉아 지난 일 년 지냈던 일과 앞으로 일 년 보낼 이야기를 돌아가며 했다. 여기에서도 주로 규호 이야기로 몰리고 말았다. 하기는 불일암 온 적지 않은 사람들이 규호를 이미 알고 있었다. 스님이 규호 이름을 책에 여러 번 썼기 때문이었다. 아무튼 규호는 본의 아니게 유명(?)해져 있으니 크게 되어야만 스님 낯도 설 것이 아닌가 싶다.……"

적어도 내가 아는 스님은 이러하시다. 서릿발처럼 냉철한 엄격성, 특히 당신 자신에 대한 철두철미한 자기 질서는 칼날보다 더 날카롭다고 해도 과언이 아닐 것이다. 그것은 단적으로 그 모습에서 드러난다. 나는 여태까지 그분의 흐트러진 모습을 한 번도 본 일이 없다. 하다못해 음식을 드시며 잡담을 할 때까지도 어쩌다 눈꼬리에 눈곱 같은 것이 살짝 끼었다든지, 미처 못 자른 콧구멍털이 나도 세상 구경하겠다고 얼굴을 내밀고 있다든지, 그밖에 허점을 아무리 파고들어 찾아내려야 찾아볼 수가 없었다. 그것은 당신이 입고 있는 옷에서도 마찬가지였다. 언제고 상큼하게 다려 입은 정갈함이 어느 마누라도

저렇게 시중은 못 할 거라고, 만약 장가를 들어 살림을 한다면 누구도 며칠 견
뎌내지 못하고 도망질을 치지 않을까 하고. ……하긴 스님의 그 뛰어난 안목
에 맞게 해낼 사람이 어디 있겠는가?

또한 스님은 예술 전반에 대한 관심과 식견이 탁월하시다. 한 예를 들면 불
일암 다실에 앉아 차를 마시고 나자 무슨 생각에서인지 스님 거처하시는 방
으로 자리를 옮기자고 하셨다. 벽 앞 통나무 탁자 위에 내가 만든 백자 연잎
다완을 놓고 Tea light 초에 불을 당기셨다. 그리고는 전등을 껐다. 벽을 배경
으로 한 탁자 위의 다완은 금세 조명기구로 변신을 한 것이었다. 맑고 은은한
불빛이 벽면을 쓰다듬듯 훑고 올라갔다. 스님은 뒤이어 명상 음악을 틀었다.
불꽃은 고요히 일렁이고 다완 전을 따라 깊고 유장한 산의 능선이라 해도 좋
을 그림자가 율동을 시작하는 것이었다. 어쩌면 울리는 선율과 그림자의 춤

사위가 그렇게도 절묘하게 조화를 이루는지 꿈속 같았다. 불꽃은 살아서 춤을 추고 음악은 우리의 영혼 깊숙이까지 스며드는 그야말로 상상도 못했던 무아의 경지로 우리를 이끄셨던 것이다.

불일암 계실 때 그 거처하는 방을 보나 마당을 보나, 심지어 연장광을 들여다봐도 모든 것은 있을 자리에 있고 질서정연했다. 그러면서도 자연 그대로의 푸근하고 편안한 분위기는 불일암 전체를 싸고 있는 것 같았다. 뿐만 아니라 그곳의 해우소를 들어가 보면 놀라 자빠질 지경이었다. 도대체 오물의 정체는 어디로 가고 정갈하다 못해 신선한 향기만이 고여 있는 것 같았다.

불일암의 뒷간은 역사에 남을 만하다고 자신 있게 얘기할 수 있다. 오물이 떨어지는 통에는 가랑잎이나 재가 보송보송하게 깨끗이 깔리고, 앞 나무창살을 통해서 바라다 보이는 대숲의 신선함은 인적미답의 태고의 자연 그 자체다. 땅에는 이끼가 살아 숨쉬고 대줄기와 잎의 생명력 넘치는 싱그러움은 가슴을 시원케 하는 바람을 일으킨다. 속이 그득하거나 부글거리는 사람이 이 안에 앉고 보면 어느새 내장은 물론 정신까지 시원해질 것이 분명하다. 어느 누구도 우리 재래 뒷간이 비위생적이고 야만적이라는 소리를 못할 것이다. 여기에 덧붙여 찬양하고 싶은 것은 자연의 순환이 지극히 생산적으로 이루어져 건강하고 맛있는 농산물을 우리 밥상에 올릴 수 있게 한다는 점이다.

앞에서도 밝혔지만 전적으로 스님과의 인연은 도자기로 말미암은 것이다. 도자기를 말하면 응당 다기를 빼놓을 수 없겠다. 나라는 사람은 처음부터 땅이나 파고 호미질이나 하는 거친 일에 익숙했지 다도라는 맑고 향기로운 차

문화에는 맹문이었다. 그것은 도자기에서 가장 까다롭고 품격 높은 다기를 빚는 데 최악의 조건이 될 수도 있는 것이다. 우리 일상생활에서 늘 접촉하고 즐기는 차 시간이야말로 좋은 다기를 빚는 데 우선 조건이련만 나는 불행히도 그런 생활이 아니었던 것이다. 그렇다면 스승을 모시고 배우는 일이었다. 스님은 늘 차를 즐기시고 그릇에 대한 안목이 뛰어나기 때문에 나로서는 천만다행이 아닐 수 없었다. 찻잔 하나만 보더라도 그 미적 감각과 쓰임새에 알맞은 것을 빚는 데는 굽에서부터 전까지 결코 쉬운 일이 아니다.

소귀에 경 읽기 식의 과정을 겪었지만 그래도 법정 찻잔이 어엿하게 태어날 수 있었던 것은 스님의 인내력을 시험할 정도의 가르침을 통해서 이룩될

지헌 님께

이번에 나온 연잎 茶器 아주 좋습니다. 차랑라 숙우 찻잔 그리고 퇴수그릇까지 하나하나 만지고 바라볼수록 정이 갑니다. 물레로 틀에 맏는 판에 박은 제품이 아니고, 정성을 기울어 낱낱이 손으로 빚어 만든 그릇이기 때문에 만든이의 인품이 배어 있습니다.

견일으란 그래겠도 배어나고 연잎을 닮는 숙우라 찻잔은 아주 사랑스럽습니다.

차는 좋은 그릇을 만나야 비로소 그 차가 지닌 빛과 향기에 맛을 제대로 낼 수 있습니다. 그러니 좋은 茶器는 하늘 여리 실께 합니다.

좋은 茶器 받들어 주셔서 감사합니다. 두고두고 잘 쓰겠습니다. 당신의 봄철 두루 淸安하십시요.

2001. 4. 19 아침

새 다기 대하면서

 법정 합장

수 있었다고 본다. 그래서 우리 찻잔의 이름은 '법정 찻잔'으로 호적에 올렸다고 나팔을 불어대고 있는 것이다. 유치한 자가 발전이 될지 모르겠지만 스님은 다음과 같은 엽서를 보내셨던 것이다.

어찌 보면 스님은 간디의 정신과 생활을 떠올릴 만큼 간결하고 검소한 면모가 그 유명한 '무소유' 이상으로 생활 주변에서 느껴졌다. 그런가 하면 최상의 문필가로서 알려진 것 이외에 평상시 말씀 중에서도 버나드 쇼 빰치게 재치와 해학을 구사하시는 데는 허리가 부러질 정도인 것이다. 좀더 실감나게 표현하면 위트, 해학, 기지, 유머, 농담, 풍자, 짓궂은 장난기 등 이 모든 것을 죄다 합쳐 종횡무진으로 행사하시는 데는 혀를 내두르게 할 뿐만 아니라 정신이 멍할 지경인 것이다.

"법정스님은 한결같이 그 번득이는 해학과 적시에 나타나는 기지로 뭇 사람들을 꼼짝 못하게 하는가 하면 매섭고 부드러운 면을 함께 휘두르며 좌중을 웃게 만드셨다. 빠르고 해박한 지식의 예리함은 누구도 당해내지 못할 것 같은 느낌이 든다. 그래도 나는 이번에 텔레비전에 나온 점에 대해 비판적으로 반대 입장을 표명했다. 스님도 내 말에 긴장하는 표정이었고 앞으로는 절대로 나가지 않겠다는 말씀을 하셨다."

1991년 7월 28일의 일기 중에서

더욱 의외의 사실은 욕도 수준급이시다. 한 번은 우리 가마에 들어오시면서 W라는 친구 욕을 분을 못 참고 마구 해대시는 것이었다. 욕이라면 자다가도 벌떡 일어나는 나는 신이 나서 맞장구를 쳐댔다. 한참을 하고 나니 속이 좀 풀리시는 모양이었다. 다만 사람들한테 김기철한테서 욕은 다 배웠다고 공개적으로 말씀은 안 하셨으면 하는 바람이다. 왜냐하면 못된 인간이 앉아 스님 죄 짓게 만드는 원흉 노릇을 한다는 것이 만천하에 알려지는 날이면 스님을 신처럼 숭상하는 사람들한테 뼈도 못 추리게 될까 봐서이다.

얘기가 빗나갔지만 스님은 〈어린왕자〉를 무척 좋아하신다. 그럴 때는 어린애 같으시고 반면에 짓궂게 사람을 골리시는 데도 상당한 소질이 있는 게 사실이다. 기분이 나시면 그 면에서도 타의 추종을 불허할 지경으로 즐기시는데 나는 그 시간이 가장 즐거웠다.

한마디로 스님은 지극히 인간적인 면모를 심심찮게 느끼게 하는가 하면 도를 닦는 수도자의 일거수일투족이 얼마나 엄격하고 무서운가를 보여 주는 분이시다. 참으로 엄격한 자기 질서는 당신 생활의 순간순간을 접할 때마다 문득문득 남모를 경각심을 불러일으키게 했다.

한 예로 불일암에서 며칠씩 있는 동안에도 정확히 새벽 세 시면 불이 켜지고 새벽예불이 시작되는 것 같았다. 하루의 생활은 철두철미한 당신의 질서 속에서 이루어지는 게 틀림없었다. 나는 수십 년을 두고 스님이 한 번도 약속을 어기는 경우를 보지 못했다. 적어도 우리와의 관계에서는 말이다. 그 매섭고 단호한 성품은 비정하리만큼 완벽할 뿐만 아니라 트릿한 꼴은 용납 못하시고 세상과의 타협이 그 분 성향에는 맞지 않는 것 같았다. 그것은 자칫 관용의 미덕이 없는 냉혹한 분으로만 비치기 쉽겠지만 승가의 계율을 지키고 청정한 수도 생활을 하는 데 적당주의가 있을 수 없다는 것을 몸소 보여주는 예라고 믿는다.

나는 또한 그분의 사물을 보시는 판단이 얼마나 예리하고 정확한가를 때때로 체험하고 놀라고 있다. 우리가 세상 잡사에 속이 터지고 해결의 실마리를 못 찾고 허둥댈 때 어린아이가 어른에게 일러바치듯 넋두리를 늘어놓으면 언제고 명쾌하게 해답을 주셨다. 뿐만 아니라 자식들 문제로 골머리를 앓을 때도 털어놓고 나면 문제는 풀리는 것이었다.

어떻든 양극단의 상반된 면모를 엿볼 수 있는데 따뜻한 인정과 폭넓은 이해심으로 많은 사람들에게 위안을 준다는 사실로 반드시 우리만이 특전을 받았다고 생각할 수는 없을 것 같다. 1985년 1월 16일 일기의 한 토막은 우리 식구가 얼마나 행복했나 하는 것을 여실히 드러내고 있다.

"지난 13일에 규호 데리고 세 식구가 불일암을 찾아가 법정스님을 뵙고 삼일 만에 돌아왔다. 여름에도 오라는 것을 형편이 되지 않아 못 갔는데 겨울방학 되면 다녀가라고 호의를 베푸시어 억지로 시간을 내어 다녀온 것이다. 민호는 대만으로 공부 가고, 미현이는 저희 친구들과 약속이 되어 함께 못 가고 저 혼자 14일날 불일암으로 와서 하루를 같이 있다가 온 것이다. 불일암에 가 법정스님과 함께 지내는 동안 참으로 좋은 시간을 보낼 수 있었다. 우선 불일암이 자리한 자연의 청신한 분위기는 속세를 완전히 벗어난 것 같았다. 공기는 맑고 산뜻한 감촉으로 우리를 감싸주고 주위의 수목이나 대지 또한 그렇게 싱싱하고 깨끗할 수가 없었다. 특히 새로 정리한 대나무 숲의 상큼한 정경은 우리의 마음을 군더더기 하나 없이 시원하게 해준다. 쪽쪽 곧은 대나무 줄기의 참신한 빛깔은 세상 어디다 내놔도 최상의 정원이 되고도 남으리

라 여겨졌다. 우리가 예년에는 해마다 겨울에는 거기 가서 묵었는데 어느 곳을 막론하고 겨울 뜰은 삭막하고 어설프련만 불일암의 자연은, 특히 대나무 비탈은 아주 훌륭하다. 자연은 자연대로 좋았고, 스님과의 대화 역시 정말 귀한 것이었다. 대단찮은 우리를 위해 아낌없이 시간을 내주시고 차를 끓여 주시면서 이야기꽃을 피웠다. 우리 생활 주변의 하찮은 이야기로부터 예술, 철학, 종교, 죽음까지 다양하게 들을 수 있었고 함께 의견을 나눌 수 있었다. 한마디로 격의없이 지극히 인간적인 면모로 대해 주신 것이다. 우리가 복이 많다고 할까, 운이 좋다고 할까 지극히 우호적인 분위기로 시간가는 줄 모르고 정담을 나눌 수 있었으니 말이다. 특별히 규호를 귀여워하시고, 또 규호는 주로 분위기를 자연스럽게 해 주는 역할을 하게 되었다. 정신적으로 많은 것을 얻었고, 그밖에도 이것저것 선물을 많이 받아왔다. 떠나올 때는 우리도 서운하고 스님도 서운한 눈빛으로 우리가 뵈지 않을 때까지 지켜보고 계셨다."

어떠니저떠니 해도 스님은 무서운 카리스마를 지닌 분이시다. 나는 여태까지 그분 앞에서 얼굴을 똑바로 들고 일 대 일로 대면하는 사람을 보지 못한 것 같다. 어느 누구를 막론하고 대체로 굽히고 들어오는 모습이었다. 물론 대부분이 신도들이고, 아닌 사람들도 피차 예의를 갖추느라 그랬겠지만 어딘지 모르게 말과 행동을 극히 조심하는 기색이 역력했다. 경우에 따라서는 사회적으로 제법 이렇다는 사람이 필요 이상으로 비굴할 만큼 몸둘 바를 모르고 벌벌 떠는 광경을 볼라치면 내심 '저런 바보!' 하고 깔본 일도 없지 않으니 뭐 묻은 개가 뭐 묻은 개 흉본 꼴이 되고만 셈이다.

그럼에도 불구하고 결코 권위를 내세우는 법이 없으시다. 공식적인 법회 때도 그냥 사랑방에 앉아 얘기를 풀 듯 쉽고 소탈한 설법으로 이끄신다. 그것은 또한 그 분 색깔의 겸손함이라 말하고 싶다. 비상한 머리, 비상한 안목, 비상한 일상, 비상한 정신세계, 또 비상한 결단과 자기 질서를 엿볼 때 이 시대에 타의 추종을 불허하는 비상한 분이라는 것이 나의 판단이다.

세월은 흘러 그 서릿발처럼 서슬이 시퍼렇던 스님도 이제는 그 모서리가 많이 닳아 부드럽고 따뜻한 모습의 이웃 할아버지처럼 변모하셨다. 많이 관대해지시고 인간 본연의 훈훈한 훈김으로 모든 것을 감싸고, 종교인뿐만 아니라 많은 사람들에게 길잡이가 되고 위안처가 돼 주시는 것 같다. 요령부득으로 늘어놓다 보니 문득 한 가지 얘기해야 할 것을 빼놓고 말았다.

벌써 수십 년이 지났지만 우리 가마 회원전 전야제가 열리는 자리에서였다. 비록 소규모의 회원댁 거실에서의 작품전이었지만 전야제만은 상당히 이름값을 하는 인사들이 참석하고 조촐하지만 알찬 문화 전반에 대한 대화가 꽃을 피웠고 시·수필 낭송, 음악 연주 등이 곁들여진 문화축제라 해도 좋았다. 물론 스님도 참석하게 되어 금상첨화였다.

그런데 난데없이 한 여교수라는 사람이 생뚱맞게 물었다. "스님, 그렇게 많이 들어오는 인세는 다 어디다 쓰세요?" 그녀는 진지하게 여쭤보는 게 아니라 기습공격하듯 물었다. 그때 스님 대답이 어떻게 나왔는지는 명확하게 생각나지 않지만 장학금, 양로원, 고아원 같은 데를 돕는다고 했던 것 같다. 솔직히 나는 그녀의 반짓빠른 태도가 못마땅해 뭐라고 말은 못하고 지금까지도 '버르장머리 없는 인간'이라는 인상으로 남아 있다.

그러고 보니 스님은 한 번도 당신 하신 일을 공치사하는 것을 보지 못했다. 다만 나와 직접 관련해서 우리 가마에 Y라는 소녀의 장학금을 몇 년을 두고 직접 챙겨다 주셨고, 그 덕에 그 아이는 학업을 잘 마치고 지금 좋은 직장에서 열심히 일하고 있다. 스님이야말로 오른손이 하는 일을 왼손이 모르게 실천하고 계시다는 것을 알 수 있다. 뒤끝에 가서 아무리 아첨을 떨어봐야 당나귀 혓바닥 핥기 식이라는 것 모르는 바 아니지만 본의 아니게 아부를 떤 것이 부끄러울 뿐이다.

여하간 나는 스님으로 인해 이나마 자랑스럽고 행복한 삶을 누릴 수 있게 되었다는 것이 새삼스럽게 고맙고 기분이 둥둥 뜨는 것을 느낀다. 이제는 집안의 자애로운 형님 같은 분이시다.

아무리 세상이
각박하다 하더라도
이런 분이 있는 이상
세상은 살아볼 만한
곳이라고 생각한다.

우리에겐 구세주 같은
조시일 목사님

"거기 누구요?"

나는 있는 대로 목청을 돋구어 소리쳤다.

"나물 좀 뜯으면 안 되나유?"

두 부인 중에 하나가 맞댓구를 했다.

"거긴 울안이란 말예요! 우리가 뜯어 먹는다구요! 당장 나가요!"

두 부인은 뜯던 동작을 멈추고 울도 없는 울안을 빠져 나갔다. 우리는 울이 없는 채마밭을 제법 넓게 차지하고 앉아 냉이, 고들빼기, 달래는 물론 머위 따위의 나물이 많아 봄이면 막무가내로 들어와 나물 뜯는 사람들로 소리를 지르고 때로는 악다구니까지 하게 된다. 너나없이 제초제를 뿌려 제대로 큰 나

물 구경을 할 수 없는데 그 짓을 안 하니 뿌리지도 않은 씨앗이 번져서 그 많
은 식구들과 손님상을 옛날 맛으로 채워 주는 것이다.

조 목사님과의 인연은 이렇게 시작되었다. 그 두 분 부인 중 한 분이 조 목
사 사모님이라는 것을 조금 후에야 알게 되었다. 왜냐하면 우리 가마에 손님
이 오기로 돼 있어 시간이 상당히 지났는데도 나타나지 않아 길을 잘못 들어
헤매나 싶어 출입구 밭에서 기다리며 잡풀을 뜯고 있는데 방금 전의 두 부인
이 코앞에 나타난 것이다.

나는 싸움을 걸려고 찾아왔나 해서 은근히 긴장을 하고 있는데 며칠 전에
앞 빌라로 이사를 왔다며 목사집이라고 자기소개를 하는 것이었다. 얼굴이

보름달 같고 푸근한 느낌의 아줌마 같기도 하고 할머니 같은 부인은 단도직 입적으로 교회 나가느냐고 질문을 했다. 안 나간다니까 "예수 믿으세요"로 시 작해 본격적인 전도를 할 태세로 나왔다. 나는 조건반사처럼 "나한테 그런 소 리 마세요! 나라는 인간은 청개구리 성질이라 예수 믿으려고 가다가도 믿으 라고 하면 입맛이 뚝 떨어져 발길을 돌리는 인간이란 말입니다." "그래도 하 나님 믿고 구원받으셔야지요!" 부인은 부드러운 표정으로 물러서지 않았다. "사람들 예수 믿게 하려면 말로 하는 게 아니라 행동을 보이세요!"

나는 여러 해 전에 우리 동네 사시면서 우리 가마 일을 도와주던 OO 전도 사 할아버지를 예를 들며 어깃장을 부렸다.

그 노인은 중학교 정도의 학력으로 경기도 어느 시골에서 농사를 짓던 분 이었다. 그분 말에 의하면 예수를 열심히 믿어 전도사의 직함을 받고(사실 어 떻게 전도사가 되었는지 모르겠지만) 문 닫은 예배당이 있는 마을을 찾아 들 어가 조건 없이 동네 사람들의 길흉사를 도와줬다는 것이다. 일손이 모자라 는 농사일을 비롯해 동네 대소사를 내 집안일처럼 해줄 뿐만 아니라 특히 어 려운 일을 발 벗고 나서서 해주다 보니까 예배당에 나오라고 단 한마디도 하 지 않았지만 한 1년 지나는 사이에 교회당이 가득 넘치더라는 것이었다. 나는 이 소리를 두 부인에게 침을 튀기며 해댔다.

"우리 목사님도 일을 잘하세유. 밭일이구 논일이구 얼마나 잘하는지 모른 다구유." 나는 그냥 시큰둥하게 바라다보았다. 왜냐하면 대부분의 목사님들 은 말은 기가 막히게 잘하지만 실제로 손발 놀려 노동하는 데는 길들여져 있 지 않은 경우를 흔히 봐왔기 때문에 목사 사모님이라는 신분이면 한술 더 뜨

겠다고 생각했다. "아이구, 부추가 맛있겠네. 저거 베다 무쳐먹으면 얼마나 좋을까? 좀 줄 수 없나유?" "그냥 얻어 가시려고 하지 말고 풀 매 주고 가져가세요." 나는 점점 더 야박스레 대했을 뿐만 아니라 노골적으로 싫은 내색을 했던 것 같다. 그러나 그 부인은 전혀 기분 나쁜 기색이 없이 풀을 뽑기 시작했다. 어떻든 그 날 두 부인은 부추 밭고랑 풀을 상당히 뽑아주었고 따라서 부추뿐만 아니라 싱싱한 상추까지 넉넉히 안고 돌아갔다.

이 사건(?)이 있고 몇 주일 만에 그 사모님의 남편인 '일 잘하신다는 목사님'을 길에서 만나 뵙게 되었다. 나라는 사람은 원체 미련스럽고 꿰뚫어보는 눈이 없어 그냥 겉껍데기로 데면데면하게 인사를 나누고 스쳐 지나치고 말았다. 그렇지만 어리석은 사람에겐 좋은 이웃을 만날 수 있는 행운이 있게 돼 있음인지 차츰차츰 그 분의 본질을 깨달아가게 되고 때때로 감동하고 고마워하게 되었다.

한 예로 우리 마을은 이럴 수도 저럴 수도 없을 정도로 쓰레기가 마구다지로 버려져 있고, 벙어리 냉가슴 앓기로 내 입만 더러워지는 욕이나 퍼붓는 걸로 불쾌감을 해소했다. 그런데 어느 날부터 목사님은 그 쓰레기를 일일이 수거해서 정리를 했다. 물론 퇴역 목사로 시간 여유가 있다 치더라도 그 더러운 쓰레기를 치울 엄두를 냈다는 것이 나로선 엄청난 사건으로 아니 감동으로 다가왔다.

뿐만 아니라 우리로서 천만다행인 것은 그 해도 해도 끝이 없는 농사일, 날이면 날마다 밭 매느라 호미질 하는 것을 보고 "아이구 답답한 사람들아 그렇게 하니까 맨날 질질 기지, 쯧쯧…." 손가락질을 받으면서까지 손이 모자라

쩔쩔 맬 때 내 일처럼 뛰어들어 도와주고 있다는 사실이다. 그는 사모님 말씀대로 밭 매는 일, 거름 내는 일, 심는 일 그밖에 모든 농사일을 젊은 사람 저리가라 할 만큼 능숙하게 해내는 것이다.

그러면서도 절대 공치사하는 법이 없다. 결코 대가를 바라지도 않았다. 늘 운동삼아 심심풀이로 한다고 하니 품값 걱정할 일도 없는 것이다. 온종일 고된 노동을 하면 점심이나 저녁은 당연히 대접받아야 하련만 몇 번씩 강요하다시피 해야 마지못해 응하는 분이다. 솔직히 나는 도자기보다도 농사짓는 일이 더 중요하기 때문에 이렇게 자진해서 일손을 보태 주는 분이 없다면 어떻게 지금과 같은 건강하고 신선한 식품을 마련해 놓고 각박하지 않게 자급자족을 할 수 있을까 아찔하기만 하다.

어차피 아첨의 소리가 시작된 바에야 보고 느낀 대로 좀더 아양을 떨어야 하겠다.

일반적으로 개신교 목사들은 그 특유의 벽이 있어 편협되게 비치기 쉬운데 이분은 상당히 너그럽다. 나의 어줍잖은 종교관 같은 것을 포용하고 타종교에 대해 열려 있는 모습을 수시로 발견하게 된다. 또한 자연이나 현대 문명에 대한 견해 역시 나의 스승으로 존경받을 만하며 무서울 정도로 검소하고 근검절약하는 일상을 볼 때 우리처럼 되는대로 사는 사람에게는 산 교훈이 아닐 수 없는 것이다. 옆에서 보기에 자녀들도 모두 훌륭히 자라서 사회 각 분야에서 자기 몫을 당당히 해내기 때문에 지금쯤은 인생을 누리며 편히 지내도 좋으련만 그 엄격한 정신은 놀라울 지경이다.

나는 적어도 사람의 영혼을 이끄는 종교적 지도자라면 저런 정신과 저런 모습으로 일상을, 자신보다는 이웃을 위해 살아야 한다고 다짐하게 된다. 그런 점에서 우리 바로 옆에 이토록 훌륭한 분이 있다는 사실 하나만 가지고도 행복하다. 아무리 세상이 각박하고 서로 뜯어먹으려고 아우성을 친다 하더라도 이런 분이 있는 이상 세상은 망하지 않고 돌아가며 살아볼 만한 곳이라고 자위하게 된다.

새록새록 훌륭한 분으로 칭송하고 싶다.

추억을 떠올려며
언제라도 만날 수
있는 기회가 있으면
하고 바라고 있다.

도자기가 맺어 준
외국 분들

우리가 살아가자면 어쩔 수 없이 사람들과 인연을 맺고 지내게 돼 있음인지 나처럼 어디라도 숨어버리고 싶어 하는 인간에게도 적지 않은 사람들과 자연스럽게, 또는 뜻밖에 인연의 끈이 닿아 분에 넘치는 인복을 누리게 되었다. 더구나 도자기를 하다 보니 역전 곰탕집처럼 수많은 사람들이 들락거리게 되었다. 그 중에는 각양각색의 외국인들도 끼어 있어 그야말로 신기할 정도로 각별한 우정을 나누며 형제처럼 지낼 수 있는 행운을 끌어안고 있다. 사실 그동안 맺어온 사람들을 일일이 열거하자면 밤을 새워도 모자랄 지경이지만 그 가운데 결코 잊을 수 없는 몇몇 외국 분들을 생각나는 대로 이야기하고자 한다.

꽃 피는 산골 돌탑 옆에서

1. 스웨덴 친구 벤토케

'눈에 콩깍지가 씌었나 보다'고 흔히 얘기하지만 이 사람을 떠올리면 그 소리가 그렇게 잘 맞아떨어질 수가 없다. 그것은 다시 말해 전혀 그럴 만한 조건이 아닌데 유별나게 죽고 못살 지경까지 되는 경우이다.

나라는 위인이 어떤 면에서고 사람을 끌 만한 매력을 지니고 있다고 자타가 인정할 만한 존재가 될 수 없음에도 불구하고 지극한 우정으로 지낼 수 있다는 것은 분명히 불가사의한 그 무엇이 있지 않나 하는 생각이 드는 것이다. 볼보 자동차 회사의 한국 책임자의 한 사람으로 무던히도 자주 우리 가마를 찾아와 즐거운 시간을 함께 한 것만을 생각해도 그렇다.

그의 이미지는 사업가적인 냉철한 통찰력보다는 감성이 매우 예민한 예술가적 기질을 지니고 있었다. 성품은 대단히 명랑 활발하며 인정스럽다. 그것

스웨덴 에벨링박물관 전시회

은 현대사회에서, 특히 서양 사람들의 정서로 비추어 볼 때 좀처럼 찾아보기 힘든 인물이라는 것을 수시로 느끼게 된다. 비록 언어 소통이 섬세하지 못한, 좀은 답답한 교류였지만 언어 이상의 교감을 할 수 있었고 마침내는 형제 이상의 우애로 그리워하고 있다.

그는 특히 우리 문화에 대한 식견과 애착이 남달라서 적지 않은 우리 민속품과 미술품들을 수집했다. 우리 도자기 역시 그의 눈에 들어 국내외인들을 막론하고 아마 제일 많이 소장하고 있는 것으로 안다. 그런 연유로 그가 본국에 돌아갔을 때 그 지방 박물관회 회장이 그 집에 진열된 내 도자기를 보고 전시회를 마련하였다. 물론 나로선 작품만 준비했을 뿐 모든 비용을 그곳에서 담당하고 그곳 에벨링 박물관에서 한 달간의 전시를 하게 되었다. 전시 기간 내내 스웨덴기와 태극기가 박물관 국기 게양대에 나란히 게양되었고, 개막식 때는 그곳의 문화계, 정치계 인사들까지 모여 뭐가 된 것 같은 기분에 들뜰 만큼 감격스런 분위기가 연출되었다.

우리는 이렇게 전시를 해놓고 주도면밀하게 짜인 일정에 따라 스웨덴, 노르웨이, 덴마크까지 열흘 이상의 여행을 할 수 있는 행운을 누리게 되었다. 스웨덴의 전통적인 민속 등 특유의 행사는 물론 우리가 먹는 음식 또한 몇 백 년의 전통을 지닌 유명한 음식점을 찾아 호사를 하게 되었다. 특히 그의 친척들이 돌아가며 자기네 집에 초대해서 매일같이 대접을 하는 것이었다. 끝으로 호화 여객선을 타고 덴마크의 북단 스카겐의 눈부신 햇살과 해변, 그곳의 잔잔한 도시 풍경은 물론 수많은 미술관을 찾아들어가 팔자에 없는 호강을 한 것을 생각하면 꿈만 같다.

스웨덴 선사 박물관 앞에서

아무튼 그의 집은 스웨덴에서 두 번째로 큰 호수 옆에 널찍하게 차지하고 있었다. 정원에는 열대지방의 지형을 흉내 내어 열대식물들을 심어 놓았고, 울안에서 갖가지 채소와 먹거리를 키워 먹고 있었다. 더구나 놀라운 것은 전에는 작은 규모의 호텔이었다는데 집안의 중요한 거실이나 몇몇 방은 우리 가구와 공예품, 그림으로 꾸며져 마치 우리나라 민속관에 들어온 것 같은 생각이 들게 해 놓았다.

참으로 신기한 것은 우리의 동요나 가요를 좋아해서 '통일의 노래' 같은 것을 부르면 눈물을 흘리는 것이었다. 우리가 제법 우리 동요를 그런대로 부를 수 있어 얼마나 다행인지 모르겠다는 생각을 많이 하게 되었다. 그는 운전을 하면서 계속 되풀이해서 부른 동요를 다시 불러달라고 요청하는 바람에 본의 아니게 늙은 기생 노릇을 하며 다닌 것을 생각하면 그나마 노래라도 할 줄 알았으니 망정이지 그 많은 시간을 말뚝처럼 앉아만 있었다면 얼마나 미안하고 재미없었을까 하는 생각을 하게 된다.

다행스럽고도 정말 흐뭇하게, 그렇게 분에 넘치는 신세를 갚을 수 있는 기회가 있게 되었다. 그것은 2002년 늦가을 그들 내외가 우리나라를 찾아왔을 때 우리나라 사찰 순례가 좋을 것 같아 대충 일정을 잡아 젊은 스님 두 분의 안내를 받아 여러 절을 순방한 일이었다.

백양사를 시작으로 그 위의 운문암, 화엄사, 송광사, 대원사, 실상사, 지리산 일대 몇몇 암자들을 돌아 끝으로 해인사와 원당암을 찾았다. 당시 원주 소임을 맡고 있던 각안스님의 각별한 대우와 선원장 원각스님의 배려로 그야말로 기가 막힌 음식 대접을 받을 수 있었다. 우리는 찾는 절마다 반드시 새벽예불과 저녁예불에 참석했고 스님들과 값진 시간을 보낼 수 있었다. 다만 안타까운 것은 벤토게, 귀드런 부부가 우리말을 몰라 그 좋은 말씀을 이해할 수 없었던 것인데 나의 짐작으로는 적어도 그 진지하고 깊이 있는 분위기는 언어 이상의 그 무엇을 전달했으리라 믿는다.

나는 아직도 그보다 더 좋은 여행은 없다고 생각한다. 그들은 기독교인들이었건만 순례가 끝나는 원당암을 나설 때는 반 불교인이 된 거나 마찬가지로 합장으로 허리 굽혀 인사하는 모습이나 눈을 감고 참선하는 얼굴이 얼마나 자연스럽고 진지한지 놀라울 지경이었다.

참으로 고맙고 감격스러운 인연의 고리가 아직도 그리움으로 남아 있다는 것이 나에겐 크나큰 위안이 되고 있다.

그는 지금도 만나자고 전화한다. 스웨덴에 도자기 가마 차려놓고 함께 있고 싶어 한다. 바로 그것이 우리가 사는 최고의 경지가 아닌가 하는 생각을 하게도 된다.

2. 이탈리아 대사관의 아드리아노 가스페리 박사

가스페리 씨와의 대면은 처음부터 서로가 호감을 감추지 못했다. 에너지 관계로 이탈리아 에너지성省 관계자들과 이탈리아 대사관에서 우리 가마를 방문하게 되었다. 총인원 삼십 명 정도의 손님들이 가마에 와서 점심 대접을 받기로 돼 있어 우리는 우리 음식을 최선을 다해 준비했다.

우리는 언제고 신선하고 건강한 음식을 우리만큼 해낼 곳은 어디에도 없다 고 자부하고 있는 터라 아무리 대단한 사람이 나타난다 하더라도 한 6, 70년 전의 시골 농사꾼들이 해먹던 그런 음식을 준비하고 '너희가 이렇게 좋은 음식을 어

가스페리 박사 가족사진

디 가서 맛보겠냐 는 듯이 건방진 자세를 취하는 게 버릇이 돼버렸다. 그날 역시 가마 마당에서 멍석 깔고 소위 가든파티를 할 작정으로 느긋해하고 있었는데 난데없이 폭우가 쏟아져 판을 망치게 된 것이었다. 이러니 어쩔 수 없이 궁여지책으로 봉노에 도자기 만들어 놓은 것들을 치우고 거기다 멍석을 깔고 그야말로 외양간 속에서 잔치를 하는 거나 다름없는 궁상을 떨게 되었다.

결과적으로 그렇게 된 것이 더 오붓하게 인간적으로, 우리 토속적인 분위기로 서로 어깨를 부딪치며 이마를 맞대고 음식을 먹어가며 이야기를 나눌 수 있는 계기가 되어 도리어 아주 인상적인 시간을 보내게 된 것 같다. 어떻든 마구간이고 봉놋방이고 간에 대접하는 우리나 대접받는 그 사람들이나 헤어질 때는 너무나 즐거웠던 시간을 아쉬워하며 악수를 나누었다.

그 이후 가스페리 부부는, 아니 그 가족은 역시 눈에 콩깍지가 씌었는지 기회 닿을 때마다 찾아오고, 무슨 일이 있을 때마다 우리를 자기 집으로 초대했다. 소냐라는 오스트리아 출신 부인은 예쁘고 우아할 뿐만 아니라 친절해서 가스페리보나 너 호감을 느끼게 했다. 음식도 잘 만들어서 가까운 지인들을 때때로 초대해 대접하는 것이 그들의 취미 같은 생각이 들었다. 그는 임기를 연장해 가며 여러 해 우리나라에서 일을 했는데 사람이 영화배우 빰치게 잘 생기고 성격은 아주 인정스러워 많은 친구들이 그 집을 메웠다.

흔히 이탈리아 남자들을 믿을 수 없다고들 말하지만 적어도 가스페리 박사의 경우는 정반대였다. 설령 우리 가마에서 불을 땐다든지 잔치를 할 때 시간이 없으면 새벽이고 저녁에 포도주며 양주를 한 바구니씩 안고 왔다. 절대로 쩨쩨하지 않고 손이 큰 것을 보면 반도 사람들의 특징이 아닌가 하는 생각도 하게 되었다.

아쉽게도 그가 떠날 때는 자기 돈으로 호텔을 빌려 그동안 사귀던 사람들을 대접하는 송별회를 마련했는데 아마 백 명도 넘는 각계의 친구들이 자리를 같이하고 서운해하는 모습들을 볼 수 있었다. 나는 선물로 자그만 백자 작품을 들고 갔던 것 같은데 우리 도자기를 무척 좋아했던 것만은 틀림없다. 이곳을 떠난 후 계속 일 년에 한 번씩은 연하장을 주고받으며 다시 만나고 싶다고 심정을 토로한다. 그는 의사로서 서울에서 무슨 의사회의에 참석차 왔다가 서강대 김영덕 박사와 힐튼호텔에서 점심을 함께 하고 헤어져야 했다. 그 후 작년에 이탈리아에서 무슨 국제회의가 있었던 모양인데 생면부지의 외국어대 교수를 통해 선물을 보내왔다. 그것은 은제품의 자그만 사진틀인데 귀하게 보이는 골동 같았다. 우리는 거기다 백날 때쯤 찍은 손녀 사진을 넣어 탁상 앞에 세워놓고 날마다 바라보고 있다. 따라서 그가 이곳에 있었을 때의 추억을 떠올리며 언제라도 만날 수 있는 기회가 있으면 하고 바라고 있다.

3. 영국의 로드 까모이 경

대영박물관 동양 담당 제인 포터 학예관의 우리 가마 방문과 두 차례에 걸친 백자, 자연색 도자기를 구입해 간 연고로 까모이 경을 만나게 되었다. 당시 우리 도자기를 잠시 영국대사관에 진열해 놓았는데 까모이 경이 보고는 그 가마를 가보고 싶어해 모시고 오게 된 것이 최초의 대면이었다. 여하튼 그 이후 몇 차례 우리 가마를 찾아왔고 올 때마다 작품을 수집해 갔다. 한 번은 가마에 올 시간이 없어 서울 그가 묵고 있는 호텔로 연적 두 개를 싸가지고 가 함께 저녁을 먹고 돈을 받았으니 장사치고는 좀 치사스런 방법 같기도 했다. 그러나 그 당시는 그런 생각이 들기는커녕 마른 땅에 단비가 내린 것처럼 좋기만 했다.

그는 천주교 귀족으로 팔백 년 된 스토너 파크(Stoner Park)라는 장원에 살고 있다. 방이 육십 개나 되는 본채에는 방마다 고가구와 미술품들이 가득해 그 역사를 여실히 보여 주고 있었다. 다행히 우리 식구들은 파리에 갔다가 그곳을 방문하게 되어 융숭한 대접을 받는 영광을 누렸다. 당

큐레이터 제인 포터(우측), 영국 대사부인(우측두번째)과 함께(대영박물관에서 구입한 우리 도자기 옆에서)

찰스 황태자 궁에서 까모이 경과 함께

시 너무나 뿌듯했던 것은 들어가는 현관 전면 벽을 배경으로 우리 반다지 같은 우람한 가구가 놓여 있었는데 그 위에 내 혈육 같은 연잎 도자기가 우리를 반기듯 화사하게 빛나고 있다는 사실이었다. 그것은 결코 촌스럽지 않고 의젓하고 자연스럽게 고국의 품위를 지키고 있는 것 같았다.

쓰다 보니 웃기지도 않게 제 자랑으로 도배를 한 것 같은데 본의 아니게 허풍과 자가 도취로 제정신을 제대로 지키지 못했다 할지라도 솔직담백한 심정을 토로한 것뿐 우쭐대고 싶어 호들갑을 떤 것은 아니라는 것을 알아줬으면 한다.

까모이 경으로 말미암아 미국의 프랭크 벨리라는 변호사를 알게 되었다. 이분은 상당히 역량 있는 법조인으로 문화 쪽에 지대한 관심과 후원을 아끼

까모이 경에게서 받은 전돌

지 않는다고 들었다. 우리의 옛 도자기만 하더라도 상당량을 수집해서 미국 박물관에 기증도 하고 빌려도 준다는 것이다. 이분이 한번 올 거라고 몇 차례 듣고 있었는데 드디어 지난 2003년인가 찾아왔다.

얼마나 잘 살아온 사람인지 늙음이 저런 모습이라면 조금도 젊음이 부럽지 않겠다는 생각을 하게 되었다. 밝고 건강한 모습과 아름다움에 대한 감수성은 놀라웠다. 우리가 차려낸 구태의연한 촌 밥상을 대하고서도 너무나 즐거워하는 것이었다. 비행기 시간이 촉박함에도 불구하고 일어날 생각을 안 하니까 모시고 온 기사가 몇 번이고 채근을 하고 난 나음에야 마지못해 일어나는 것이었나. 그는 나의 백사 언꽃언적을 고르고 좋아서 어쩔 줄을 몰라 했다. 나는 선물로 물고기연적을 하나 덤으로 포장했다. 나중에 엽서가 왔는데 자기는 그 벌렁 누워 있는 물고기연적이 더 좋다고 찬사를 보내왔다.

그 다음 샌프란시스코에서 우리나라 청자 특별전이 열렸는데 우리나라에서 간 정양모 씨와 미국의 큐레이터들을 자기 집으로 초대해서 수집품들을 보여 주는 가운데 나의 백자 연꽃연적을 본 시카고박물관(The Art Institute of Chicago)의 동양 담당 책임자 제이 쥬 씨가 그것에 호감을 갖고 우리 가마를 찾아와 역시 그와 비슷한 백자 연꽃 연적을 그 박물관으로서는 최초로 우리나라에서 구입하는 것이라고 말했다. 그는 타이밍

보원가마 전시실에서

이 맞아 2004년 나의 도예전에 찾아와 몇 개의 대작을 사진을 찍고 구입할 의사를 보였다. 그러나 그것은 값의 문제도 있고 어떤 사정인지 아직 소식이 없는 상태로 있다.

다시 까모이 경의 얘기로 끝을 맺어야 할 것 같다. 까모이 경 부인은 참으로 드물게 볼 수 있는 귀족다운 품위가 그렇게 우아하게 비칠 수가 없었다. 우리 가마에도 한번 와서 점심 대접을 할 수 있었는데 이분 선대 할아버진가 누군가 영국 해군 제독인 대단한 집안으로 스페인과의 전쟁 때 청·명대 도자기를 가득 실은 배를 나포해서 본국으로 가져갔다는 얘기를 들었다. 그래서인지 동양 도자기, 특히 우리 도자기를 유난히 좋아하는지도 모르겠다.

우리가 영국 가서 대접받고 떠나올 때는 선물을 하나 주었다. 까모이경은 우리를 마중 나와 손수 운전해서 데리고 가는 중에 '아주 귀한 선물'을 마련해 놓았다고 해서 나는 무슨 금덩이로 된 물건을 하나 얻게 되나보라

고 은근히 기대가 컸었다. 그러나 막상 받고 보니 그냥 고색창연한 벽돌장에 불과해서 실망이 안 되는 게 아니었다. 그러나 그것은 그곳 스토너 파크 성당을 개축할 때 떼어낸 창과 방패 문양이 새겨져 있는 몇 개 안 되는 전돌 중의 하나라는 것이었다. 어떻든 귀한 것만은 틀림없고 소중하게 싸들고 와 얼마 전까지만 해도 나의 탁상 한쪽에 세워놓고 있었다. 누구는 정말 기념이 되는 귀하고 귀한 것이니 유리 상자에 모셔놓고 가보로 삼으라고 하지만 아직 그러지 못하고 있다. 또 하나 꼭 쓰고 싶은 것은 그가 보내오는 연하장 글씨는 한문초서를 찜 쪄 먹을 정도로 흘려 써서 며칠씩 두고 머리를 쥐어짜야 겨우 해독이 될 정도였다. 그러나 그 글씨체는 잘은 모르지만 사군자의 바람에 날리는 난초 잎 이상으로 그 선의 묘미가 절묘해서 이거야말로 우리만이 간직한 보물로 여기게 된다. 한마디로 두고두고 감사할 분이다.

4. 미국의 찰스 매카람 박사

1996년 미국 앨라배마 주 버밍햄에서 한국의 해 행사를 거창하게 계획하고 있었는데 그 위원장 일행이 방한해서 우리 가마를 찾게 되었다. 그들이 우리를 찾아온 것은 우리가 잘 알려진 대단한 가마라기보다 위원장인 매카람 박사가 앨라배마 대학 총장을 두 번이나 한 의과대 교수로서 그 제자들이 마련한 은사를 대접하는 자리에서 우리 친척 교수가 끼어 우리를 소개한 까닭이었다.

그들은 우리 전시실을 둘러보고 의례적인 찬사가 아니라 진지하게 나의 요

구조건을 모두 들어주면서 전시해 줄 것을 요청했다. 나는 본래 어디가서 전시를 해야겠다고 생각해 본 일도 없고 다만 가마 울안에서 작업하며 지내는 것을 전부로 알고 있을 뿐만 아니라 그런 해외전은 내 능력 밖이라고 단념하고, 솔직히 별로 흥미를 느끼지 않고 지내오는 상태였다. 좌우지간 작품만 준비하면 덤으로 미국 구경도 하고 해외 초대전이 어떤 것이라는 것을 체험할 것 같아 너무나 쉽게 결정이 되었다.

우선 도자기는 우리 도자기의 대표 격인 백자로 선정했고, 전통적인 형태가 아니라 식물의 잎, 꽃, 열매가 소재가 된 바람에 날리는 듯한 살아 숨쉬는 도자기로 하나같이 손으로 빚은 불균형 가운데 균형을 이루는 모양들이었다. 우리만의 백자 소지와 유약은 깊은 계곡 물빛을 머금은 맑고 깨끗한 빛깔과 질감을 나타냈다. 나는 적어도 도자기에서만은 우리의 자존심을 지켜야겠다는 생각으로 값도 만만치 않게 결정했고 하나하나 작품을 유리 상자에 넣어 진열하고 보니 뜻밖에 값지고 품위 있는 작품들로 다시 태어난 것 같았다. 거기다 제작과정을 비디오로 만들어 우리의 전통적인 방법으로 굽는 백자가 얼마나 어려운가 하는 것을 이해시켰다.

우리 전통 용가마에 껍질 깐 육송을 때서 굽는 노역이, 거기다 실패작을 여지없이 깨버리는 아픔 등 한마디로 무서운 진통을 겪고 살아남은 존재들이라는 것을 보여 주었던 것이다. 자칫 문명됐다는 나라들이 자기네만 못한 나라의 문화를, 전통을 깔보고 자만하는 꼴을 조금이나마 납작하게 해놓고 싶은 의도도 없지 않았던 것 같다.

결과적으로 그 전시는 성공적이었다. 왜냐하면 많은 사람들이 우리 백자를

매카람 박사 가족(가운데가 박사 부부)

이해하게 되었을 뿐만 아니라 백 불만 해도 벌벌 떠는 그들이 수천 불씩 되는 작품을 값을 치르고 가져갔으니 말이다. 더구나 버밍햄 박물관에서도 두 점을 소장하게 되었고 그 중에 하나는 구색을 맞추느라고 기증을 했다.

한 달간의 행사 내내 매카람 박사는 우리 내외를 끔찍하게 챙겼다. 전생에 우애 좋은 형제였는지 더할 수 없이 마음을 썼다. 좀처럼 초대하지 않는다는 당신 집에 초대했을 뿐만 아니라 멕시코만 근처의 오렌지 해변에 있는 별장을 내주고 그곳에 가서 먹을 것들을 모두 챙겨주고는 우리 유학생들(대부분 박사과정) 몇 명이 함께 운전하고 가서 며칠씩 지낼 수 있도록 까지 해

준 것이다. 뿐만 아니라 앨라바마 주지사가 베푸는 거창한 행사는 물론 우리나라 대사가 주체하는 무슨 클럽의 파티에도 우리를 일으켜 세워 어리둥절하게 했다.

이 한국의 해 행사는 생각지도 않게 상당수 교민들과 유학생들을 알게 됐고 혈육처럼 가깝게 지낼 수 있었다. 평소에 가보고 싶었던 남부의 헬렌켈러의 집 같은 뜻 깊은 여러 곳을 구경할 수 있었다. 결과적으로 많은 신세를 졌지만 우리는 고향집에 모인 것처럼 단란한 시간을 함께 보낼 수 있었다. 전시가 끝나고 우리는 프린스톤에서 한국 학교를 운영하는 이종숙 선생에게 가서 전시 작품의 일부를 그 운영 기금으로 쓰도록 기증했다. 글쎄 얼마나 팔아 보탬이 됐는지 모르지만 이렇게 쓰일 줄은 꿈에도 생각지 못했던 것이다. 그 나머지 귀국한 작품 중에 가장 빼어난 연꽃백자 작품은 엘리자베스 여왕 방한을 계기로 청와대에서 구입해 그곳 대접견실에 진열돼 팔자에 없는 출세를 했다고 볼 수가 있다.

대통령이 바뀌고 그 도자기 또한 어디로 떨려나 처량한 신세가 돼 있는지 모르지만 그래도 또 한 점 자연색 연잎작품은 대통령 집무실에 버젓이 자리를 버티고 있는 것으로 알고 있다. 쓰다 보니 별 시시콜콜한 소리가 다 나왔다.

각설하고 매카람 박사는 그 후 계속해서 따뜻한 정을 보내왔다. 연말이면 크리스마스 카드가 오고, 답장으로 연하장을 보내면 재차 답장이 와서 송구스러웠다. 그런데 이삼 년 전 부터는 소식이 없다. 나보다 한 열 살 위인 걸로 미루어 팔십 중반이 아닐까 싶은데 방정맞은 생각이 들 때가 있다. 그렇게 친절하고 후덕한 분이련만 처음 롯데호텔에서 만나 저녁식사를 하는 중에 나보고 자동차 운전을 하느냐고 묻는 것이었다. 아마 미국에 오면 차를 한 대 내줄 심산인 것 같았다. 나는 단호하게 자동차를 싫어한다고 하면서 현대 기계문명을 비판했다. 그가 웃으며 미국엔 비행기 안 타고 올 거냐고 반문하는 바람에 순식간에 바보가 되고 말았다.

아무쪼록 건강히 생존해 계셨으면 하는 마음 간절하다.